心で勝つ雑草軍団
小松大谷

心《しん》勝《か》

西野貴裕

竹書房

はじめに

小松大谷硬式野球部は北陸・石川県小松市に拠点を置くチームで、２０２５年現在で3度の甲子園出場を果たしています。

私たちは、２０２４年の第１０６回全国高校野球選手権大会、１回戦では九州の強豪・明豊（大分）に8対4で逆転勝利し、２回戦では高校球界の絶対的王者・大阪桐蔭を3対0で下し、なおかつエースの西川大智が92球のマダックスで完封したこともあって、脚光を当てていただきましたが、それ以外はとくに何の実績もないチームです。むしろ、負け続けてきたチームといったほうが正しいのかもしれません。

今回、この書籍のお話をいただいたときには戸惑いしかありませんでしたが、恩師である菊池信行前監督をはじめ周囲の方々にも相談した上で、私の母校でもある小松大谷の歴史や現状、そして生徒たちの頑張りを伝えられればと思い、学校の協力のもとでこの本を記すことになりました。

私自身は指導者として道半ばで、何かを達成したわけではありません。むしろ失敗の連続の野球人生でしたから、「監督論」などを上から語れる立場ではないということを、まずは最初にお断りしておきたいと思っています。

私は2012年の秋に、前任の菊池監督の勇退に伴い、チーム指揮の襷《たすき》を受け取りました。それ以降、日々選手たちとともに試行錯誤を繰り返していますが、僭越《せんえつ》ながら小松大谷の現状や今後の課題、私の野球人生や指導法などをお伝えしていければと思っています。

小松大谷という北陸の小さな地方都市のチームを、読者のみなさんにも知ってもらって、未熟な私に助言などをいただければ幸いです。

小松大谷の校名が全国に広まったのは、2014年夏のことでした。

私にとっては、就任2度目の夏の大会です。石川大会の決勝で星稜と対戦し、8対0とリードする展開で9回裏を迎えました。学校としては1985年夏以来、2度目の甲子園出場まであと3アウトに迫りましたが、私たちは9回裏に9失点してサヨナラ負けを喫することになります。勝利や吉報ではなく、「9回裏8点差大逆転負け」

というショッキングな敗戦によって、奇しくも学校の名前が広く知られることになってしまいました。地方大会の決勝で8点差からの最終回での逆転負けは、高校野球史上初という結果だったそうです。

　甲子園を目前にしながらも襲ってきた悪夢のような歴史的敗戦は、私たちにとっては信じられない、受け入れたくない出来事でした。しかし、私たちはこの「大逆転負け」から目を背けることなく、それを報じた新聞パネルを練習場に毎日掲示して、この10年間を過ごしてきました。９回裏に9失点した理由は何なのか。私たちは、野球の技術向上はもちろん、心の強化にも焦点を当てて「山ラン」「27アウトノック」「泥練」「雪練」といった独自メニューのほか、「小松大谷オリジナル野球手帳」を作って自己管理するなど、選手とともに試行錯誤を続けてきました。

　そうして生まれた２０２４年のチームスローガンは、「心勝《しんか》～再甲《さいこう》の舞台で～」でした。これは文字通り「進化して心で勝つ～最高の舞台である甲子園に再び立とう」という意味ですが、「大逆転負け」からちょうど10年目の大阪桐蔭戦勝利は、心で勝つ「心勝」の延長線上にあったといえるのかもしれません。

私自身、これまで野球から多くのことを学び、助けられてきました。だからいまは、野球に恩返しをしたいという思いで生徒たちの指導にあたっています。小松大谷野球部の活動目的は「人間形成」で、チーム目標は「甲子園優勝」です。「全国制覇」や「日本一」は高校卒業後にも達成できるチャンスがありますが、「甲子園優勝」は高校時代にしか成し得ない目標です。「世紀の大逆転負け」を糧にして挑戦を続ける私たちを、今後も温かく見守っていただけると幸いです。

目次

特別インタビュー 1

第2章　世紀の大逆転負け

星稜との歴史的な敗戦を乗り越えて生まれたもの

第3章 指導者としてのルーツ
失敗から多くを学んだ私の野球人生

第5章 小松大谷の取り組み

第6章

気持ちで負けずに心で勝つ

「甲子園優勝」という大目標を成し遂げるために

第1章

雑草軍団による下克上

明豊、大阪桐蔭という超強豪校を次々に撃破

2024年夏の甲子園、1回戦で明豊、2回戦で大阪桐蔭を撃破

〜光はあまねし　みどりの丘に
輝く希望の　雲を仰げば
白山連峰　遥かにそびえて
のびゆく力の　喜びふかく
学びはげむ　楽しさよ
真実の道　ここにあり
小松大谷　高等学校〜

2024年夏、甲子園に小松大谷の校歌が2度も流れることを想像していた高校野

球ファンが、果たしてどれだけいたことでしょうか。でも私たちは、小松大谷の野球を貫いた先に、勝利があると信じて戦いに臨みました。

第106回全国高校野球選手権大会。小松大谷にとっては、3度目の甲子園出場でした。1985年夏の甲子園初出場は、初戦で鹿児島商工に5対6のサヨナラ負け。2度目となった2021年夏も、初戦で高川学園（山口）に6対7のサヨナラ負け。過去2回の甲子園出場は、ともに9回裏に失点しての無念のサヨナラ負けという結果で、甲子園での初勝利は学校にとっての悲願でした。

大会前の抽選によって1回戦の相手が明豊に決定し、隣のブロックには大阪桐蔭の校名もありました。甲子園での初勝利、そして進撃は、チームにとっては念願でしたが明豊、大阪桐蔭という甲子園強豪校が待ち構える組み合わせとなったのです。

私自身は、高校野球を代表するような強豪と対戦できる嬉しさの一方で、経験のない生徒たちに甲子園という大舞台で1試合でも多くプレーさせてやりたいという意味で、少し複雑な思いがあったのは確かです。でも、選手たちからは「よっしゃー！」という歓喜にも近い声が自然と沸き上がっていました。

うちの選手たちは、相手が強ければ強いほど気持ちの乗っていく傾向があります。その様子を見て、この子たちだったら「何かをやってくれるかもしれない」という予感が芽生えました。選手たちには「せっかく甲子園に来たんだから、一番有名なチームと戦いたい」「優勝するためには、必ず倒さなければならない相手だ」という思いがあったようです。

6年ぶりの全国制覇を狙う優勝候補・大阪桐蔭は、1回戦で興南（沖縄）に5対0で完封勝利して2回戦へと勝ち上がってきました。うちは、1回戦の明豊戦では苦しみながらも終盤に逆転して8対4で競り勝ち、学校悲願の甲子園初勝利を達成して大阪桐蔭との大一番を迎えることになりました。

そして私たち小松大谷は、その大阪桐蔭と対戦して3対0で勝利することができたのです。

大阪桐蔭が夏の甲子園に出場した計50試合で、完封負けを喫したのは史上初だったと試合後に知りました。あの大阪桐蔭に勝ったことは大きな喜びですが、それ以上に選手たちが甲子園という大舞台で、小松大谷の野球を実践してくれたことが私は何よりも嬉しく思いました。アルプススタンドを埋め尽くしてくれた大応援団の声援は、一生忘れることはないでしょう。OBとして、監督として、私は小松大谷というチームを心から誇りに思いました。

小松大谷のメンバーは地元中学の出身選手が多く、中学時代には何の実績も残していません。地元から外に出たことのない内弁慶な選手も多かったので、新チームの始動当初はまず自信を持たせてあげたいと思っていました。そのために多くの遠征を組んできましたし、大学生の試合観戦に出掛けたり、2024年1月に起きた能登半島地震の復興支援として、被災地域の球児たちとの交流も図ったりしてきました。

こういった多くの経験が、選手たちに自信を植えつけていたのかもしれません。王者・大阪桐蔭相手にも動じず、ときに笑顔でプレーしていた選手たちの姿をベンチから見ていて、本当に大きく成長してくれたなと感じたものです。それは私自身の力ではなく、小松大谷という学校、そしてチームの力なのだと思っています。

私は母校である小松大谷の監督として、選手たちと本気で向き合ってきました。小松大谷の所在地である石川県小松市には「安宅《あたか》の関」という関所跡があり、平安から鎌倉時代を生きた源義経と武蔵坊弁慶の奥州逃避行を題材とした歌舞伎「勧進帳《かんじんちょう》」の舞台として、「難関突破」という言葉とともに広く知られています。

甲子園という最高の場所で、最高の相手と試合ができる絶好の機会。こんなチャンスは二度とありません。対戦ブロックが決まった瞬間から、小松大谷の「難関突破」への挑戦は始まっていたのです。

1回戦で明豊に逆転勝利して、悲願の甲子園初勝利

大阪桐蔭戦では、小松大谷のエース・西川大智が、強力打線を相手にどんなピッチングをするかが大きなポイントでした。西川は最速138キロの伸びのあるストレートを軸に、スライダー、カットボール、チェンジアップなど多彩な変化球を投げ込む実戦派です。抜群の制球力と投球術、さらには強いメンタルも備えた絶対的エースで、

石川大会決勝では星稜を完封して甲子園出場の立役者のひとりになっていました。

　西川は1回戦の明豊戦で先発して6回を投げていましたが、被安打8の4失点で交代しています。明豊は2023年秋の九州大会準優勝で、翌春のセンバツにも出場。2024年春の九州大会では王者にもなっていて、大阪桐蔭に匹敵する力があると考えていました。

　その明豊を相手に私自身、西川は本来のピッチングではないと感じていましたが、西川本人に聞いても明豊戦は甲子園の緊張もあって、自分のスタイルを見失っていたとのことでした。相手との駆け引きでクイックやハーフクイック、2段モーションを織り交ぜて投げるのが彼の特長で、打者のちょっとした仕草や反応を見てタイミングをずらすなど、臨機応変に投げていくタイプです。しかし、明豊戦では単調なピッチングになってしまい、リズムを作ることができませんでした。西川は器用なピッチャーなのですが、元々立ち上がりには不安があり、スライダーなどの変化球もゾーンに決まらず苦しんでいた印象です。

　明豊戦では、打線が初回に3点を奪いましたが、西川も初回に3失点して振り出しに戻り、ゲームは5回まで3対3の膠着《こうちゃく》した状態で進みました。6回に勝ち越しを許した時点で西川は降板となったものの、上位打線の爆発によって7、8回に計5得点を挙げ、竹本陽が3イニングをきっちりと抑えて8対4で逆転勝利。1番・山崎悠太、3番・田西称、4番・東野達、6番・嶋田空駕の猛打賞などの活躍によって、小松大谷に甲子園初勝利をもたらしてくれたのです。

私たちが優勝候補の一角でもある明豊に勝利したことは、世間では驚きを持って報じられていました。これで、チームは3度目の甲子園出場で悲願の初戦突破を果たしましたが、エース・西川の投球内容には課題が残る結果でした。

日本一になるには、日本一の強さを知らなければならない

大阪桐蔭は、甲子園での結果こそさまざまな要素が加わり、毎回全国制覇というわ

けにはいかないものの、ドラフト予備軍が居並ぶ選手たちの実力は、間違いなく高校野球界のトップ・オブ・トップです。そんな大阪桐蔭は、私たちが目指すべきチームのひとつでした。

小松大谷が甲子園に行けなくて苦しんでいるときから、大阪桐蔭には練習試合をさせてもらうなど非常にお世話になっていました。遠征ではボコボコにやられて帰ってくることになるのですが、全国トップレベルの選手が揃うチームとの戦いは、選手にとって大きな刺激になりました。

大阪桐蔭は招待試合も多く、年間を通じてスケジュールがびっしり埋まっていると思いますが、自分たちが出場している甲子園の大会期間中と、決勝翌日の予定はさすがに「空白」でしょう。そこで、うちの志田慶歩部長が甲子園での敗戦直後や、甲子園の決勝翌日に練習試合を打診すると、快く受けてくれるのです。日本一になるには日本一のチームを知らなければならないということで、失礼ながらそんなタイミングで私たちは連絡を取らせてもらっていました。

甲子園敗戦直後や決勝の翌日には、さすがにどのチームも打診しづらいと思うのですが、うちは断られるのを承知でトライしてきました。大阪桐蔭にとっては、大事な新チームの始動です。でもありがたいことに、甲子園ムードにピリオドを打つためのオープン戦として捉えてくれていたようです。私は、こういったお祭りムードに浸らないところにも、大阪桐蔭の強さの理由があるような気がしています。

最近では、2022年の夏に練習試合を組んでもらいました。大阪桐蔭は、甲子園の準々決勝で下関国際（山口）に惜敗して、ベスト8に終わっていました。優勝には届かなかったものの、当時2年生だった前田悠伍投手（現・ソフトバンク）が注目されており、うちとの練習試合でも前田投手が先発して6回まで投げてくれて、二桁三振を奪われた記憶があります。

うちの選手たちは、世代屈指のプロ注目投手のボールの質を、肌で実感することができました。あれほどの投手と対戦する機会は、北陸では限られていますし、ましてやドラフト候補との対戦はなかなか経験できることではありません。

選手たちには「あのレベルのピッチャーを打てないと、甲子園では勝てない。甲子園に出場すれば、初戦で大阪桐蔭と対戦する可能性もある。そこで腰が引けていたら勝負にならない」と諭したものです。

ちなみに、前田投手という絶対エースを擁した大阪桐蔭の新チームは、その秋の近畿大会を制して明治神宮大会に出場。準決勝で仙台育英（宮城）、決勝では広陵（広島）を破って秋の日本一を達成しています。全国優勝するチームの力や雰囲気を知ったことは、うちの選手たちにとって大きな財産となりました。でも、それから2年後に甲子園で大阪桐蔭と対戦することになるとは、当時は夢にも思っていませんでした。

北陸の地方都市・小松育ちの選手たちは、良い意味で鈍感でした。大阪桐蔭との対戦が決まったあとの練習でも緊張感や気負いもなく、のびのびとした表情で野球を楽しんでいました。２０２４年のレギュラー陣は、偶然にも地元の小松市を中心とした石川県出身の選手が揃っていました。小学生時代から一緒にプレーしたり対戦したりしてきた選手たち同士で、目に見えない絆があったのかもしれません。

小松大谷にも、県外出身の選手が来ているので一概には言えませんが、結果的には石川県出身の選手が集まる地元チームと、全国から中学生のスーパースターが集まる大阪桐蔭という対称的なチーム同士の戦いとなったのです。

甲子園大会前には、スポーツ新聞などで学校評価が掲載されていますが、私の〝見立て〟では大阪桐蔭が「S」だとするならば、小松大谷は「C」か「D」です。選手個人の力では、そのくらいの差があると考えていました。公式戦で対戦すれば、10試合やって1勝できるかどうか。練習試合だったら相手がノープレッシャーですし、怖いものなしでバットを振ってくるので、1勝もできないでしょう。ただ、甲子園という特別な舞台であれば、その差が縮まる可能性があるかもしれないと思っていたのも事実です。

小松大谷の野球を貫くことを選択して大阪桐蔭戦へ

1回戦の明豊戦から、2回戦の大阪桐蔭戦までは中5日のスケジュールでした。私自身、まずは大阪桐蔭の1回戦・興南戦の映像を見て投打の分析を行いました。

興南とは、2023年に沖縄・石川交流親善試合で対戦していて、エース左腕の田崎颯士投手（U18日本代表）の高い能力はしっかり把握していたのですが、そのU18日本代表レベルの左腕を大阪桐蔭は序盤から攻略。5対0で完勝して、2回戦進出を決めていました。うちの3年生の江口魁宝（記録員）、伊藤芳紀が中心になって構成する分析班が、大阪大会の準々決勝以降の3試合、そして甲子園での1回戦の映像をチェックしてくれて、その膨大なデータを私は受け取りました。

私の分析と生徒のデータから、大阪桐蔭の力を改めて思い知らされました。野球が選手個人の戦いであれば、勝負にはならなかったかもしれません。しかし、野球はチームスポーツです。選手9人の能力の単純な足し算では、勝負が決まらないこともあるのです。

私は、選手たちにはいくつかのシンプルなポイントを伝えただけで、多くのデータは封印しました。大阪桐蔭が強いのは誰もが理解しています。そんな強い相手のデータを頭いっぱいに詰め込んで、選手たちの〝容量〟を相手の情報で埋めるよりも、自分たちの野球を貫くことを私は選択したのです。それが、小松大谷の伝統でもあるからです。

チームを率いる指揮官として、とくに意識したのは臆病にならないことでした。相手の対策を考えすぎて、〝よそ行き〟の野球をして負けるのが一番嫌だったので、小松大谷の野球を貫こうと、それだけに集中していました。

大阪桐蔭の投手陣を見た限りでは、ボールに威力はあるものの状況によっては繊細さに欠けるシーンも散見されたので、自分たちから崩れさえしなければ必ずチャンスがあると私は思っていました。バッターへの指示は「相手ピッチャーのボールの回転数が高いので、ベルトより高めには手を出すな」「ストライクゾーンから落ちていく低めの変化球を我慢しろ。ボールは落ちるだけで、（物理的に）上がってくることはないぞ」という基本的なことだけでした。そして「自分たちが積み上げてきたことを大舞台で発揮してこい！」とも伝えました。

でも、大舞台を前にしてチームは自立を見せ、キャプテンの東野とデータ班の江口、伊藤を中心に、選手同士で入念にミーティングを行っていました。大阪桐蔭戦は私のゲームではなく、選手たちがつかみ取った、選手たち自身のゲームです。監督の指示通りにプレーするのもひとつの戦略ですが、選手たちの考えを尊重したいという思いがあったので、私は最後のミーティングには立ち合っていません。選手は自分たちで戦略を考えて、大阪桐蔭戦に臨んだのです。

エース・西川大智が、大阪桐蔭を相手に92球で完封勝利

大阪桐蔭戦は、エースの西川にすべてを託しました。初戦で本調子ではなかった西川をどのように軌道修正していくかは、コミュニケーションを図った上でキャッチャーの東野主将に任せていたのですが、大阪桐蔭戦が近づいてもうまくフィットしていませんでした。

そして、試合前日にバッテリー同士で話し合って、急きょ変化球の握りと角度を変えることになりました。これは一か八かの選択で、実際に大阪桐蔭戦直前の甲子園ブ

ルペンでのピッチングは、お世辞にも良い内容ではありませんでした。西川が甲子園のブルペンの土の柔らかさに対応できず、変化球が1球もストライクゾーンに入らなかったと聞きましたが、そこは開き直って大阪桐蔭打線を相手に投げながら、実戦の中で変化球の感覚を試していく作業をせざるを得ないような状況でした。

一般的にピッチングでは低めに集めていくことがセオリーですが、うちのピッチャーのストレートの平均球速は130キロ台です。低め一辺倒になると、大阪桐蔭のようなチームには通用しません。だからインコースと高さで攻めて、ゾーンを広く使いながら勝負していくことを、ピッチングコーチの菊地前監督を中心に日頃の練習から徹底していました。

さらに西川は器用な投手なので、相手打者との駆け引きの中で、腕の角度を調節しながら投げ込むこともできる特性があります。そして、敢えて曲がらない変化球も投げていたようです。相手からしたら、不思議なボールに映ったことでしょう。大阪桐蔭戦では、それらの要素がうまくハマった印象です。

相手にとっては、最初から最後まで「打てそうで打てない」時間が続いたのではないでしょうか。大阪桐蔭の各打者の対応を見ていても、１巡目も２巡目も３巡目も同じように振ってきていました。同じ組み立てでポップフライの繰り返しになっていたバッターもいましたし、相手には打てるという実感があったのでしょう。

ゲーム終盤は、相手の焦りもあって早打ちになっていました。私自身は、西川たち投手陣に対して「理想は１イニング12球」と話してきましたが、３人で打ち取るとすれば１人に対して４球の計算になります。２球で追い込んで１球外し、４球目で勝負できれば効率の良い投球ができます。ですから、投手陣には４球での仕留め方を常にイメージさせて、ブルペンに入らせていました。このペースで投げることができれば、トータル１０８球で肩の不安も軽減されるからです。

ところが、西川は５回に15球を投げたのが最多で、６回は10球、７回は８球、８回は12球、９回は幸運なダブルプレーもあり、わずか４球で３アウトを奪っています。その結果、大阪桐蔭を相手に９回を92球で完封。１００球未満で完封する「マダックス」を達成しました。「１イニング12球」は理想論だ、とまわりからは言われたりもしましたが、実際に西川がそれ以上の形でクリアしてくれたのです。

西川のストレートの平均は135キロ前後ですが、140キロに届かないようなピッチャーでも、大阪桐蔭のような強力打線をシャットアウトできる方法があるのです。それがピッチングの奥深さ、野球の魅力でもあると考えています。

曲がらない変化球を駆使して強打・大阪桐蔭と対峙

大阪桐蔭の先発は、大阪大会決勝で東海大大阪仰星を相手に15奪三振をマークした、身長190センチ最速150キロの2年生大型右腕・森陽樹投手でした。事前のミーティングでは低めのスライダーに手を出すな、と話していましたが、初回に1番・山崎、3番・田西、4番・東野のキーマン3人がいきなり3三振を奪われてしまいました。彼らは地方大会では三振は少なかったのですが、そこは相手の力が上でした。

2番の石浦慈人が死球で出塁してくれたので、盗塁のサインを出して二塁に進めて揺さぶりをかけたのですが、森投手が動じることはありませんでした。リスクがありながらも盗塁のサインを出したのは、選手たちに攻めていくという姿勢を示したかったからです。しかしながら、1死二塁という最初のチャンスを活かすことはできませんでした。

いきなりの3三振には精神的なダメージがあったと思われがちですが、三振もポップフライも内野ゴロも同じアウトです。そんな簡単に打てるとは思っていませんでしたから、3個の三振というよりも、普通に3アウトになったと私は割り切って考えていました。さらに好材料だったのは、1番・山崎が7球を投げさせ、4番・東野が9球も粘ったことです。森投手は初回に20球を投げていたので、このペースであれば早い時点で100球を超えてくると考えていました。

西川の立ち上がりに関しては想定通りです。彼は制球力が高いと言われていますが、実際にはコーナーにビタビタ来るというタイプではありません。どちらかというと、奥行を使って打ち損じを狙っていくスタイルです。コーナーを細かく突いていくタイプではないので、カウントが悪くなることはあまりありません。大阪桐蔭のバッターから見れば、打ちごろのボールが甘いコースに来ていると感じていたことでしょう。際どいコースではないので、思わずバットが出てしまうのです。

実際、西川は1番打者に5球を使ったものの2、3番バッター、そして4番の徳丸快晴選手の3人をそれぞれ2球で投げ終えています。彼らは打てると思って振ってきていましたが、微妙にタイミングがズレていました。1、2番は芯を外しての外野フライ。4番の徳丸選手は、ベルトの高さのボールで二塁ゴロに打ち取りました。大阪桐蔭のバッターたちは、西川のそれほど速いわけではないボールを打てるという自信があったはずです。私は打席の様子やピッチング内容を見て、イニングが進めば西川の術中にハマる可能性があると感じていました。

西川は3回を終えて被安打2、四死球1、奪三振0の無失点。2、3回にはいずれもスコアリングポジションにランナーを進められましたが、難なく乗り切りました。3回は、1死二塁でクリーンアップに打順が回りました。そしてパスボールで三塁に進み、1失点は覚悟しましたが、3番打者は曲がらない変化球を引っ掛けて内野フライ。4番の徳丸選手には右方向へ鋭い当たりを打たれましたが、ライトの石浦が一度グラブに当ててから捕球するという〝お手玉キャッチ〟を披露して、ピンチを食い止めました。

ちなみに石浦は地方大会では二塁手で、甲子園1回戦の明豊戦も途中までセカンドでプレーし、終盤にはライトに回りました。代わりにセカンドに入った山本晴輝は、チーム№1の努力家です。私が朝6時にグラウンドに行くと、いつもひとりで黙々と練習しているような子でした。大阪桐蔭戦を迎えるにあたり、内外野の守備固めのためにセカンド・山本、ライト・石浦という決断をしましたが、石浦が見事に期待に応えてくれました。

西川の投球で特筆すべきは、3回までのバントを除いた8つのアウトのうち、6つがフライアウトだったという点です（残りの2アウトは内野ゴロ）。相手は打つ気満々で振ってきていたのですが、西川が微妙に芯を外していたことで力のない打球になっていました。3回までスコアレスの0対0という序盤の戦いは、私たち小松大谷にとっては理想の展開でした。アウトを積み重ねていくうちに、少しずつですがゲームの流れが小松大谷に傾いているのを私は実感していました。それは、甲子園の観客も同じだったかもしれません。

ジャイアントキリングを成し遂げることができた理由とは？

ゲームはスコアレスのまま、４回からの中盤戦に入っていきました。西川の巧みなピッチングとチームディフェンスによって、甲子園の電光掲示板には「０」が並んでいきました。攻撃ではなかなか打てずに得点も奪えていない展開でしたが、私たちは攻撃面でも確かな〝粘り〟を見せていました。

大阪桐蔭の森投手は3回まで46球の球数でしたが、４～６回の３イニングは計56球となり、６回時点で１００球を超えています。とくに６回は、５番・胡摩結月、６番・嶋田、７番・坂田陸が計20球を投げさせて食らいついていきました。ヒットこそ出ませんでしたが、彼らはできる限りの役割を果たしてくれていました。

私が日頃の練習試合から選手たちに伝えていたのは、「（1イニングを）簡単に終わりにするな」ということです。大阪桐蔭戦では6回まで無得点でしたが、実は三者凡退が一度もありませんでした。この試合は9回を通じて、すべてのイニングでランナーを出していたのです。

あの大阪桐蔭を相手に押し込まれているゲームだったので、6回まで簡単に終わっていた印象を受けるかもしれませんが、うちの選手たちが4安打を放って3四死球を選んだことによって、相手にリズムを作らせていませんでした。三塁まで踏むことはできませんでしたが、1，4、6回には二塁のスコアリングポジションまで走者を進めています。

ゲームの大局においては、三者凡退にならなかったことが本当に大きかったと思います。大阪桐蔭が主導権を握ろうとしていた状況で、簡単に3人で打ち取られてしまえば完全に相手のリズムになっていたことでしょう。地味ではありますが、細やかな抵抗が大阪桐蔭の歯車を少しずつ狂わせていったとも考えられます。

結果的には7回に先制、8回に追加点を奪うのですが、「簡単にアウトになるな」

「フォアボールもヒットと同じだ」と、年間を通じて選手たちに言い聞かせてきたことが、見事に実を結んだ形です。

力の劣るチームがジャイアントキリングを起こすには、少ないチャンスを確実に仕留めていく必要があります。小松大谷の好機は、7回に訪れました。先頭打者の8番・西川がセンター前ヒットで出塁したものの、送りバント失敗で1死一塁。流れは止まったかに見えましたが、1番・山崎が左翼線に鋭い当たりのレフト前ヒットでチャンスをつなげていきました。

続くバッターは、2番・石浦。今大会のラッキーボーイ的存在です。1死一・二塁で彼の一塁ゴロから、ダブルプレーを狙った二塁手がファーストへ悪送球。思わぬ形で先制点が転がり込む形となりました。

大阪桐蔭は動揺したのか、2死二塁から3番・田西の打席でワイルドピッチによって二塁ランナーが進塁。そして、この場面で田西がセンター前にタイムリーを放ち、2点目を奪いました。この回には3安打を放ったもののバント失敗などの拙攻があり、チャンスが潰れてもおかしくない状況でしたが、大阪桐蔭に守備の乱れが生じました。

さらに大阪桐蔭は6回まで無失点、7回2失点のクオリティースタートで投げていた森投手が降板し、8回から2番手の平嶋桂知投手に代わりました。しかし、平嶋投手の立ち上がりをうちが突いていきます。

四球を選んだ走者・嶋田が2死二塁から相手の小さなミスを逃さずに「ワンバンゴー」で三塁を奪います。そして8番・西川が一塁前に叩きつけた打球をピッチャーが捕球しましたが、ファーストも飛び出していたため一塁ベースが空いており、幸運なタイムリー内野安打で3点目をもらいました。相手にとってはやられた気がしなかったのではないでしょうか。3点目のホームを踏んだ嶋田は、このゲームで1安打に加えて3四球を選んで4打席すべてで出塁し、貴重な働きをしてくれました。

リードを得ても、西川のピッチングは変わりませんでした。私は日頃からピッチャーには「スコアが動いても気持ちを動かすな。〝一定〟の中に収めておけ」と説いているのですが、西川はこれを入学から数えきれないくらい聞いているので、自分自身に「0対0の気持ちで」と言い聞かせてマウンドへ向かっていったようです。

そして、色気を出すわけでもなく淡々と自分のボールを投げ続けて、7、8回はいずれも三者凡退。長めのレッグアップで間合いを取ってからインコースの高めを攻めたり、追い込んでからのクイックでアウトコースのスライダーを引っ掛けさせたり、甲子園でのピッチングを楽しんでいたように感じました。150キロのストレートは投げられなくても、投球術は工夫次第で身につけることができます。西川のピッチングは、今後の小松大谷にとってのお手本だといえるでしょう。

2014年夏の「大逆転負け」がチームに力を与えた

大阪桐蔭戦では、3対0とリードしたシチュエーションで最終回の9回を迎えることになりました。勝利まであと3アウトに迫りましたが、小松大谷には誰ひとりとして勝利を確信した選手、気持ちを緩めた選手はいませんでした。それはアルプススタンドや、テレビの前で応援してくれた方々も同じだったと思います。

なぜなら、私たちは２０１４年の石川大会決勝の星稜戦で、９回表を終えて８対０とリードしながらも９回裏に９失点して大逆転負けを喫するという、あまりにも苦い経験をしていたからです（後章で詳しく説明します）。地方大会の決勝で、最終回に８点差を引っくり返されたのは史上初とのことで、私たちは悪夢のような大逆転負けによって学校名を全国に広めてしまいました。

この歴史的な敗北以降、小松大谷ではパネル担当者が練習前に、大逆転のスコアが掲載されたスポーツ新聞のパネルを監督室に取りに来て、練習グラウンドのベンチに置くことが日課になっています。２０１４年決勝の敗戦から10年間、チームは大逆転負けから目を背けることなく、ずっと正面から向き合ってきました。私自身も、大逆転された悔しさを忘れた日はありません。

大阪桐蔭戦でも、９回表を終えて守備に向かう選手たちの口からは、「星稜戦」という言葉が自然に出ていました。選手たち自身が甲子園のベンチでお互いに確認し合っている姿を見たときには、10年間ずっとパネルを出し続けたことが無駄ではなかったと感じました。あの教訓が、いまの選手たちの心の中にも生きていたのです。

9回裏、1死からランナーが出たのですが、そのときもキャッチャーで主将の東野がマウンドに行って、「慌てずに落ち着いていこう」と西川は深呼吸をしていました。そして1死一塁の場面で迎えたバッターは、巧打の左打者・山路朝大選手でした。バッテリーはセカンドの山本を一塁側に寄せて4－6－3のダブルプレーを狙いに行きましたが、それによってショートの山崎が二塁ベースに寄っていました。放たれた山路選手の当たりは、通常であればセンターへと抜けていく打球でしたが、ショート・山崎のポジショニングが幸いして好捕。そのまま二塁ベースを踏んで一塁へ送球し、併殺が成立してゲームセットとなりました。

私たちにとっては、大阪桐蔭に勝つことがゴールではない

こうして、2024年度からの新基準バットの採用も追い風となって、私たちは大

阪桐蔭打線を散発5安打に抑えて完封勝利することに成功したのです。

試合後に、大阪桐蔭の西谷浩一監督が報道陣に「小松大谷の先発・西川大智投手を攻略できずに得点できなかった。カウントを取りに来る変化球を含めてフライアウトを少なくしようとしたが、タイミングを外されて自分たちの間合いでアジャストできなかった」と語っているのを試合後に知りました。

大阪桐蔭のフライアウトは、27アウトの半数以上にあたる計14個。先頭打者に出塁を許したのは、2回のエラーと3回の四球の2度のみでした。西川は低めの見せ球とベルトの高さのスライダー、チェンジアップや曲がらない変化球を駆使した投球で、4回以降は先頭打者をすべて打ち取って大阪桐蔭を92球で完封してくれました。石川大会決勝の星稜戦でも西川は完封していましたが、地方大会トータルの戦績は3試合24イニングで被安打16、与四死球8でした。甲子園という大舞台が、西川を大きく成長させてくれたのだと実感しています。

先ほども触れましたが、2024年の小松大谷には地元中学の出身選手たちがスタメンに並びました。1番の山崎は2安打を放って得点にも絡み、2番の石浦は初回に盗塁を決めたほか、守備でも好プレーを見せてくれました。3番の田西は打球速度の速い2年生の好打者として2安打で実力を示し、4番の東野は攻守で存在感を発揮してチームをまとめてくれました。5番の胡摩は結果こそ出ませんでしたが打席で粘りを見せ、6番の嶋田は1安打3四死球で貢献してくれました。7番の坂田は内野安打と犠打、8番の西川は完璧といってもいいピッチングを披露、9番の山本は初スタメンでしたが、守備で役割を果たしてくれました。

またベンチ、スタンドの部員全員が一丸となって戦ってくれました。私たちの2024年夏の甲子園での戦いは、続く3回戦の智辯学園（奈良）戦に敗れて終焉を迎えましたが、3試合を戦ってみて感じたことは甲子園の素晴らしさです。私も現役時代に甲子園でプレーしてみたかった、と改めて思いました。甲子園は、それほど魅力のある最高の舞台でした。

うちには、ドラフト1位候補の選手がいるわけではなく、際立ったチーム力があるわけでもありません。また、北陸の冬は荒天が多く、グラウンドに出られる日はわずかですから、練習環境に恵まれているわけでもありません。それでも、ただ過去の経験から学び、限られた環境で愚直に努力を続けてきました。

小松大谷が強豪・大阪桐蔭に勝てたのは、高校野球全体の勝利だと言ってくれる人もいますが、あの試合は私たちにとってのベストゲームです。選手たちが歴史を変えてくれたのは事実ですが、それが私たち小松大谷の実力だとは思っていませんし、勘違いしてはいけないと思います。

私たちにとっては、大阪桐蔭に勝つことはゴールではなく、「甲子園優勝」というチーム目標に向けてのひとつの通過点です。実際に中2日の総力戦となった3回戦では、智辯学園に3対6で屈しています。大きな目標を達成するためには、まだまだチームとしてやるべきことがたくさんあります。ただ、北陸の雑草軍団・小松大谷による大阪桐蔭撃破が、全国のチームにわずかでも勇気を与えられたのだとしたら光栄に思います。

小松大谷硬式野球部前監督

菊池信行氏

私は茨城県の下館一高出身で、亜細亜大卒業後に西川物産株式会社（石川県金沢市）に入社し、硬式野球部でプレーしました。27歳になったときに1970年代のオイルショックの影響などで野球部が休部になり、縁あって1978年から小松大谷（当時・北陸大谷）の監督を任されることになりました。

その春の4月に学校へ来てグラウンドに顔を出したら、部員が3、4人しかいなくて呆然としたのを覚えています。監督としての最初の仕事は、一般生徒に声を掛けて部員を集めることでした。なんとか部員を集めてからは小松駅から部員全員で夜行列車に乗り、高校時代の恩師が指導する茨城県の強豪・鉾田一高まで合宿に行きました。甲子園を目指すチームの練習や雰囲気を、選手たちに見せたかったからです。

西川物産在籍時には、有望な選手を獲得しようと思って星稜や金沢の試合を観戦していたことで、両校の野球やレベルは把握していました。その経験が小松大谷での指導にも活きたと思います。高校野球の指導はゼロからのスタートでしたが、幸いなことに就任から8年目の1985年に初の甲子園出場を果たすことができました。強くならなければ野球部は存続できない、と思っていたのでとにかく私は必死でした。

1991年に西野が入学してきましたが、私は1年生の春から彼をメンバーに入れて、夏の大会でも主戦として起用しました。準々決勝では金沢を相手に好投して、2対1の勝利に貢献してくれました。決勝の相手は、2年生スラッガーの松井秀喜選手を擁した星稜でした。私は西野に先発を託しましたが、チームとしての力が足りずに甲子園に行くことはできませんでした。でも西野たちがいた3年間で、小松大谷野球部の土台が出来上がったと感じています。

私は2度目の甲子園出場を果たすことができず、60歳を超える年齢になりました。後任を考えていたときに、「西野貴裕」の名前が浮かびました。学校も調整してくれて2012年春に事務職員として採用となり、まずは野球部のコーチになってもらいました。その時点で、なるべく早くバトンを渡したいと私は思っていました。将来の監督として呼んだのだから、1年でも早いほうが彼にとってはいい。私と一緒にコーチをやっていたら私のやり方が頭に残ってしまって、西野のチームにはならないのではないかという思いがありました。西野には、真っ白な画用紙に新しい小松大谷像を描いてほしかったのです。そして2012年夏の大会後、私は監督人生にピリオドを打ちました。

2014年夏の決勝では星稜に大逆転負けを喫しましたが、そこからの10年間で私の想像した以上にチームは成長しました。2024年夏の甲子園2回戦で、小松大谷が大阪桐蔭に勝つことを誰が予想できたでしょうか。西野監督は、小松大谷の新しい野球を見せてくれています。私は采配には一切関わっていませんが、学校練習ではピッチングコーチとして投手陣を指導しています。

外から西野という監督を見ていて感じるのは「辛抱強さ」です。私が采配をしていたら（交代策などに）動いてしまうシーンでも、西野はじっと辛抱してゲームを進めていきます。それは采配だけではなく、日々の生徒指導でも同じです。ときには生徒に裏切られることもあるかもしれませんが、それでも彼は辛抱強く生徒たちを見守っています。

3年前には、西野監督が「チーム目標の『甲子園1勝』を『甲子園優勝』に変えてもいいですか」と私に相談してきました。それは西野監督の覚悟だと感じています。私自身がチームの力になれているかはわかりませんが、教え子である西野を後任に指名したことは「正解」だったと思っています。

第2章

世紀の大逆転負け

星稜との歴史的な敗戦を乗り越えて生まれたもの

石川県の盟主・星稜という存在

私たち小松大谷にとっては決して忘れられない、いや、忘れてはならない試合があります。それは、２０１４年の石川大会決勝の星稜戦で、９回裏に８対０から９失点してサヨナラ負けを喫した「世紀の大逆転負け」です。私にとっては、２０１２年８月の監督就任から２度目の夏の出来事でした。

甲子園常連の星稜は、石川県においては絶対的王者の座に君臨する超強豪校です。石川県の高校野球といえば、全国のどこに行っても星稜の名前が出てくるほどの伝統校で、古くは小松辰雄さん（元・中日）、村松有人さん（元・ダイエーなど）、松井秀喜さん（元・巨人、ニューヨーク・ヤンキースほか）をはじめ、島内宏明選手（楽天）、岩下大輝投手（ロッテ）、奥川恭伸投手（ヤクルト）、山瀬慎之助捕手（巨人）

ら多くのプロ野球選手を輩出しています。星稜は石川県を中心として、中学時代に実績を残した選手たちが集まるチームで、小松大谷が甲子園に行くためには絶対に超えなければならない相手です。

私自身は、小松大谷（当時・北陸大谷）の1年生だった1991年夏の石川大会決勝で、当時2年生の超高校級スラッガーだった松井さんを擁する星稜と対戦し、敗れた経験があります。そして星稜は、同年夏の甲子園でベスト4に進出。その翌年の1992年夏の甲子園2回戦・明徳義塾（高知）戦では、松井さんが5打席連続で敬遠されて、社会問題になったのを覚えている方も多いのではないでしょうか。

エリートが招集される星稜に対して、私たち小松大谷は地域の「野球小僧」が集まる雑草軍団です。私が現役の頃は、星稜をそれほど強く意識していたわけではありませんが、監督になって以降は負けたくないという思いが強くなっていきました。

私自身が監督になってから、星稜というチームの強さを客観的に分析して、小松大谷のチーム作りのヒントにもしてきました。練習方法やマネジメントの詳細などはわかりませんが、星稜には日々の練習や各大会でおのずと構築されていった文化があり、それを代々脈々と積み重ねている印象を受けています。これは、一朝一夕で成し遂げられたものではありません。

世代によっては戦力が整わないチームもあったかもしれませんが、それでも勝ち上がっていけるのが星稜の文化だと考えています。そして甲子園での実績も加わり、黄色のユニホームと「星」マークの帽子によってブランドが作り上げられていきました。

私たち小松大谷も、星稜に負けじと独自の文化を作れるように努力しています。日々、汗や涙を流すことこそが、伝統やブランドの構築につながっていく唯一の道だと私は強く感じています。

監督就任2年目の星稜との決勝、バッグには現役時代のアンダーシャツ

2014年の石川大会決勝・星稜戦は、奇しくも小松大谷という学校名を全国に広

める試合となりました。そのときの私たちは、ドラフト候補に挙がっていた左腕エース・山下亜文（元・ソフトバンク、巨人）、キャプテン・宮口昇、4番・西田将大（当時2年生）、2番手左腕・木村幸四郎（当時2年生）らが軸となり、春の県大会準優勝によって第2シードで夏を迎えました。3年生17人のうち試合に出たのは5人で、レギュラーの半数は2年生という若いチームでした。ちなみに2013年秋の県大会は、準々決勝で星稜に7対4で勝利してベスト4（3位）、2014年春の県大会は決勝で星稜に3対4で敗れていました。

同年夏の大会は、第1シードが星稜で第2シードが小松大谷だったため、対戦する可能性があるのは決勝だけです。うちは準々決勝で寺井に6対3、準決勝では遊学館に3対2で競り勝ち、シーズン3度目となる星稜戦に臨みました。2年連続17度目の優勝を狙う星稜と、29年ぶり2度目の甲子園を狙う小松大谷。地域的にも金沢エリアと加賀（小松市など）エリアは手取川を挟んで相対するという土地柄もあり、決勝前はおのずと盛り上がっていきました。

決勝戦を前にして思い出したのは、自分が小松大谷1年生のときの石川大会決勝です。私は先発を任されてマウンドに上がったものの、流れを引き寄せることができずに4回3失点、0対3で降板してチームは1対5で敗れました。当時は、先輩たちの甲子園を消してしまったという心境でしたが、監督就任2年目の決勝で星稜と対戦したときに、ふと23年前の試合の記憶が蘇ってきたのです。かつての先輩たちの無念に報いるためにも、星稜に勝って甲子園出場を果たしたいという強い思いで私は決勝戦に臨みました。

何が正しいのかは、いまでもわかりません。でも、自分にとってはリベンジをしたいという思いがあったのは事実です。目の前の試合に集中しなければいけないのは当たり前ですが、同じユニホームを着て同じ場所で戦ったので、当然のように1991年の記憶が頭の片隅にはありました。ですから、当時の先輩たちと〝一緒に戦う〟という意味を込めて、あの試合で着ていたアンダーシャツをバッグに忍ばせて、私は石川県立野球場へと向かったのです。

甲子園まであと3アウト、8点リードで9回裏へ

星稜の先発は、ドラフト候補の145キロ本格派右腕で、エースの岩下大輝投手（秋にドラフト3位でロッテ入団）でした。準決勝の金沢市工戦のピッチング映像を分析したところ、金沢市工打線が低めのスライダー（もしくはスプリット）にバットが出てしまっていました。岩下投手は、この準決勝で5回を投げて被安打2の奪三振5。5対1とリードした時点でマウンドを降りていました。試合前のミーティングでは「低めの変化球を我慢しろ。ストライクゾーンを1段上げて対応していこう」という岩下投手対策を共有してゲームを迎えました。

立ち上がりは岩下投手のボールが浮いていたこともあり、うちは初回にチャンスをつかむと、2死二塁から4番・西田がセンター前に打ち返すタイムリーヒットで、幸

先良く先制に成功しました。さらに6番・中村淳平が二塁打を放って打線に火をつけると、9番・多田拓夢のレフト前ヒット、1番・宮口の三塁打、3番・山下の三塁打などで一挙5点を奪って6対0と大きくリードを広げていきました。

エースの岩下投手が2回で降板したあとの4回には、6番・中村の犠飛、5回には2番・石田翔一の内野安打で追加点。4、5回の〝中押し〟で1点ずつを加え、5回を終えて8対0という大差を作りました。

星稜の岩下投手が崩れた一方で、うちはエースの山下が、大量リードをもらったことで余裕を持って相手に対峙し、星稜を相手に1点も許しませんでした。山下は、中学時代から硬式で実績を残していた自信と持ち前の強気な性格もあり、星稜という存在をまったく恐れていませんでした。その意識がほかの選手にも広がり、さらに点差が離れたことでチーム全体のムードは最高潮になっていきました。

予想外の展開に、スタンドからは〝どよめき〟が上がるのも聞こえてきました。もし、決勝戦にコールド制があったならば、7回時点でゲームは終わっていたわけですから無理もありません。スタンドで応援してくれていた野球部関係者によれば、OB

や学校関係者が集まるエリアには、メディアの方々がどんどん集まってきて、過去の苦労話などのエピソードを聞いて回っていたようです。

ゲームは、小松大谷が8点リードのまま8回を終えました。残り1イニングで8点差。誰もが勝利を確信していたと思います。勢いそのままで9回に入ると、小松大谷側のスタンドはお祭りムードになり、優勝祝賀会の準備も進められていたそうです。8点差で最終回を迎えれば、そういう雰囲気になるのも仕方ないと思います。でも、私が心配していたのは、選手たちが粗相《そそう》をしないかということでした。あの世代は、良い意味でお調子者が揃っていたので、スタンドでテレビ映りを意識したり、グラウンド外で慢心した態度を見せたりしないかと気になっていたのです。

ゲーム自体は理想の展開でした。エースの山下が8回までに打たれたヒットはわずかに2本。彼は連投の疲労もある中で、最高のピッチングを見せてくれたと思います。不安材料があるとすれば、ゲーム終盤に手足が攣《つ》る癖があったことです。山下は豪快なフォームから投げ込んでいくタイプなので、真夏の酷暑でのピッチングはどうしても体への負担が大きく、前日の準決勝・遊学館戦でも6回時点で腕が攣って交代していました。

連投となった決勝の星稜戦でも、5回時点で足に攣る予兆があると志田部長から報告を受けていましたが、点差が離れていたこともあり、山下で行けるところまで行って、2番手の木村幸四郎につなぐというプランを準備していました。

あの世代のチームは、山下が投打の軸であり精神的支柱でもあったので、彼を降板させることによって星稜が息を吹き返す可能性も十分に考えられました。7、8回で山下を交代させなかったのは、星稜という存在を私が大きく見すぎていたのかもしれません。それでも山下は8回を投げ抜き、1点も与えることはありませんでした。

9回裏を迎えて8対0。周囲には甲子園が見えていたかもしれませんが、私自身はあと3アウトをいかに取って、いかに試合を終わらせるかに集中していました。イニング間も山下のコンディションをチェックしながら、2番手の木村、さらには1年生ピッチャーにも肩を作らせていました。私自身に慢心はなかったのですが、結果的には9回裏に起こり得る最悪の可能性のすべてを掌握できていなかったということになるのでしょう。

大逆転負けのターニングポイントとは？

8点ビハインドの星稜は、9回表に動きました。2回までに6失点してマウンドを降りていたドラフト候補のエース・岩下投手を、もう一度マウンドに上げたのです。

プロ野球のスカウト陣が多く駆けつけていた中での再登板はリスクもあったと思いますが、のちの報道によれば、岩下投手は「腕がちぎれてもいい」という覚悟で投げたそうです。相手の殺気に近い気迫に対して、甲子園の景色が頭を過《よぎ》っていたうちのバッターは3者連続三振。思い起こせば、あの瞬間がターニングポイントだったのかもしれません。

9回裏の星稜の攻撃は、代打からのスタートでした。星稜は心理的に追い詰められていたと推測できますが、山下が1球もストライクを取れずにフォアボールでランナーを許します。そして続くバッターに、右中間を破られる三塁打で1失点。さらにライト前タイムリーを打たれて2対8。そして、ワイルドピッチで一塁ランナーが二塁に進んだ場面で、私は投手交代を告げました。

投手交代の場面は、足が痙攣した山下自らが降板を訴えてきましたが、治療の時間を取って限界まで投げさせる選択肢もあったのかもしれません。ただ、私自身が7回以降に彼の将来も考えた上で「次に足が攣ったら代える」と伝えていたので、本人もそういうつもりだったと思います。9回は1アウトも取れずに降板しましたが、山下が素晴らしいピッチングを見せてくれたのは間違いありません。

石川県立野球場は外野席まで埋まり、星稜側（一塁）はライトスタンドまで黄色のメガホンが揺れていました。私の実感では、小松大谷の三塁側スタンド以外はほぼ星稜のファンだったように思います。8回までは静まり返っていた球場が、星稜が2点を返したことで一気に沸き上がっていました。

そんな状況で、2番手の木村がマウンドに上がったのです。

木村の話によると「2対8だったので、このまま試合が終われば、自分が胴上げ投手になる」という思いが過ったそうです。その時点では点差が離れていたので、「まだ大丈夫だ」という考えがチームにはありました。しかし、そのわずかな隙が大量失点につながり、流れを食い止めることができなくなるのです。

8点差からの大逆転サヨナラ負けに、監督の無力さを痛感

2番手の木村は、2年生ながら山下にも劣らない能力を秘めていた左腕で、準決勝までの3試合で12イニング自責点0（失点1）の好投を見せていました。あの大会では、山下から木村への継投が小松大谷の「勝利の方程式」になっていて、木村がいたからこそ山下の存在が光っていたともいえます。

しかしながら、球場の雰囲気が木村の平常心を失わせることになりました。木村は不運な振り逃げから、レフト前に2点タイムリーを打たれて8対4。この日の木村の

調子は非常に良くて、振り逃げになったスライダーはキャッチャーの想像以上に落差があり、それがショートバウンドになって後ろに弾いてしまったのです。その小さな傷口が、次第に大きくなってしまうことになります。

8対4となり、球場全体に追い上げムードのスイッチが入った無死一塁の場面で、星稜の岩下投手が打席に入りました。彼は投手としては最速145キロをマークしながら、バッターとしても非凡な才能を有していました。そして、木村が投じた低めのスライダーを豪快にすくい上げると、レフトスタンドに飛び込む2ランホームランとなったのです。

うちの選手たちには動揺が見え始めましたが、8対6でまだ2点のリードがあります。それに、ホームランでランナーがいなくなり、続くバッターが倒れて1アウトが取れたので、攻撃の流れが止まったようにも感じました。

点差が詰められてから、センターに回っていた山下をもう一度マウンドに送る作戦もあったでしょう。ただ、山下の足の状態や精神面を総合的に判断して、再登板は見送りました。また、3番手の1年生投手に託すには、あまりにも荷が重すぎると私は判断しました。

そこから、ふたりの走者を出して1死一・三塁。続くバッターの打球はショートゴロになり、ダブルプレーでゲームセットかと思われましたが、タイミングが遅れて併殺が完成しませんでした。ゲッツーが決まれば試合終了の場面で、選手たちのプレーが慎重になってトスがふわりと浮き、送球も遅れてしまったのです。

一塁塁審が両手を広げて「セーフ！」とジャッジしたときに、チーム全体が気落ちしてしまったのが私にも伝わってきました。私自身が、普段の練習からあの緊迫感の中でノックをしなければいけなかったですし、そんな場面でも精神的な強さを発揮できるよう選手たちを導いてあげなければいけなかったと感じています。

そこから8対8の同点に追い付かれると、2死満塁で迎えた13人目のバッターにレフトオーバーを打たれ、私たちは無念のサヨナラ負けを喫してしまいました。9回だけで13人の打者に被安打8、四球2、振り逃げ1、アウト2。野球では3割を打てれば高打率とされているので、確率論では7割はアウトになります。そういった意味では、いつ相手の攻撃が終わってもおかしくなかったのですが、「なんとか止まってくれ」という願いは叶いませんでした。

各局面で相手の流れを止める策はあったと思いますが、監督としてもチームとしても力が及びませんでした。伝令を送る3度のタイムは使い切ってしまっていたので、選手たちが臨機応変にゲームを止めなければいけなかったのですが、苦しい場面で誰も木村に声を掛けられず、彼をマウンドで孤立させてしまいました。あの敗戦は、2番手の木村の責任ではなく、監督の無力さであることを痛感しました。試合後、私は選手たちに「勝たせてあげられず、申し訳なかった」と素直な気持ちを伝えました。

石川県で高校野球の指揮を執れば、星稜は避けては通れない壁であるのは間違いありません。ただ、あの大逆転負けは星稜が相手だからではなく、自分たちに「勝つ文化」が足りなかったからです。それは指揮官としての未熟さに加え、日頃の練習や学校生活に甘さがあったのが要因だと受け止めています。ベンチ前で崩れ落ちて泣きじゃくる選手たちに対し、私は何も声を掛けてあげることができませんでした。

この戦いは、勝利したのがヤンキースでプレーしていた松井さんの母校・星稜の大勝利だったこともあり、ニューヨークタイムズでも記事になったと聞きました。いまでも私の中に悔しさはもちろん残っていますが、あの結果は「このチームが甲子園に行くのはまだ早い」「もっと強くなれ」「もっと立派なチームになれ」という〝戒め〟だったのだと思います。

私自身にも後悔しているシーンがあります。それは、大量リード後にアウトになってベンチに帰ってきた選手が笑っていたことです。そういう態度が、最終回の大逆転劇につながってしまいました。あの場面で、チームを引き締められなかった自分に腹が立ちます。こういった敗因のすべての答えは、日頃の練習場にあります。あのような結果にならないためには、日々のグラウンドで準備していくしかないのです。

決勝戦を終えて学校に戻ってきたあと、私たちは全体ミーティングをして解散しました。私自身、涙が止まらない選手たちを激励することしかできませんでした。ひとり、ふたりと選手が帰途につく中で、エースの山下はひとりでグラウンドに残り、夜11時過ぎまでマウンド付近を黙々と整備していました。私はその姿を、監督室からじっと見守っていました。灯りに照らされた小松大谷のエース。あの姿は決して忘れることはないでしょう。世紀の大逆転負けは、小松大谷の財産だといえます。

「小松大谷　泣くな」
新聞記事のパネルを練習場へ

大逆転負けの翌日に、新チームが始動しました。決勝翌日の新聞には「星稜大逆転勝利！」の文字が踊っていました。その中で、スポーツ報知は星稜の甲子園出場を報じる一方で、小松大谷の善戦を伝えて「小松大谷　泣くな」という見出しで1ページを割いてくれていました。

敗戦のインパクトは、決して小さくはありませんでした。あの敗戦後に家族と外食に出掛けたときには、冷たい視線を浴びたこともありました。また、敗戦投手となった2番手の木村も、相当しんどかったと思います。彼は2年生だったので、もう1年間高校野球が残っていました。でも、本人によると「逆転負けは自分の責任。今後、マウンドに上がってはいけないのではないか」という心境に陥っていたと聞きました。

大逆転負けはできることならば抹消したい記憶でもありますし、あのまま甲子園に出場していれば苦しむこともありませんでした。しかし、8点差を引っくり返されたのは紛れもない事実で、そこから逃げることはできません。

なぜ、負けたのか——。

新チーム始動後のミーティングで、私たち指導陣と選手たちは膝を突き合わせて話し合いました。

「まさか8点差を引っくり返されるとは思わなかった」「失点してもまだ大丈夫だという油断があった」「伝令が規定回数に達していて流れを止めることができなかった」「小さなミスが大きな事故につながってしまった」「試合を終わりにするチャンスはあったが慎重になり送球が一瞬遅れた」「ベンチからの声が足りなかった」「最悪の状況を考えて焦りが生まれてしまった」「取れるアウトを必ず取らなければいけなかった」「3アウトを取る難しさを理解していなかった」「相手の応援に飲み込まれて自分たちの野球を忘れてしまった」「自分たちに勝ち切る力がなかった」……。

これら、選手たちから上がってきた答えのすべてが正解です。野球人であれば、これまでにそれらすべてが当たり前のように教えられてきているはずですが、実際に大逆転負けを経験したことは少ないでしょう。しかも、私たちの場合は、その試合が甲子園を懸けた決勝だったのです。

大逆転負けは、私たちにとっては貴重な教科書であり、人生の教訓です。ただ人間には、嫌なことは忘れようとする本能があります。しかし、実際にグラウンドに立っていた選手、スタンドで見ていた選手が、このあまりにも苦い経験を次世代へとつないでいかなければいけません。

そこで選手たちは、部室のホワイトボードに星稜戦のイニングスコアを書いて、9回裏の「9×」を脳裏に深く刻みました。私は、スポーツ新聞の紙面パネルを練習時のベンチに置くよう指示を出しました。そしてその日から、練習前には監督室に保管してあるパネルをパネル担当者が取りに来て、ベンチに立てかけてから練習を始めるようになりました。

それから10年間、私たちはこの敗戦と向き合い、自分たちの力に変えようと努力してきました。私は、9回裏の星稜13人の打者すべての配球、それによって生じてしま

練習時に毎日グラウンドのベンチに置かれる、
2014年夏の星稜戦での大逆転劇を報じた新聞パネル

った出来事を、いまでも昨日のことのように思い出します。そして、星稜戦の大逆転負けからちょうど10年後の2024年夏、大阪桐蔭戦での勝利につながったのです。

2015年夏は星稜相手に「9回裏逆転返し」

小松大谷には、もうひとつの財産もあります。それは、2014年の石川大会決勝の大逆転負けから1年後の2015年、同大会における準々決勝でのことです。

前年の決勝戦で負けてから、新チームのエースとなった木村、主砲・西田、キャッチャー下口玲暢ら前チームのレギュラーたちは、「大逆転負け」を糧にして決死の覚悟で努力を続けていました。彼らは大袈裟な表現ではなく、寝る間を惜しんで練習した世代で、通い組に終電の時間が迫っているのを伝えても「家に帰る時間がもったいないので、合宿施設に泊まらせてください」と答えてくる情熱がありました。彼らには「（去年の）３年生たちの甲子園出場を消してしまった」という思いがあり、先輩たちのためにも頑張らなければならなかったのだと思います。

３年生のために――。

この思いが、選手たちを強くしてくれました。

人は、自分のためだけに生きているのではありません。小松大谷では「親鸞聖人の教えと信仰を基調として、自己の心底を探求し、勤労と責任を重んじ、世に出てこの人あればこそと言われる人材を養成することを使命とする」という建学の精神を掲げていますが、私たちは誰かのために努力できる人を求めているのです。野球部も「世に出てこの人あればこそ」と評されるような選手育成を目的にして、日々の練習に取り組んでいます。

そして、偶然なのか必然なのか。私たちは２０１５年の石川大会準々決勝で、再び星稜と相まみえることになりました。新チームは、２０１４年秋の準決勝で星稜に５対７で屈して３位決定戦に回り、県３位で北信越大会に出場してベスト８。２０１５年春は３回戦で小松商に敗れて、ノーシードで夏を迎えていました。そして１回戦で松任、2回戦で北陸学院、3回戦で小松商に勝利して、準々決勝で星稜と対戦することになったのです。

先発のマウンドに上がったのは、前年度の夏に悲劇の敗戦投手となった左腕エースの木村でした。私たちは目の前の試合に集中していましたが、周囲は当然去年の決勝を意識していたと思います。エースの木村は、3回まで完璧に近いピッチングを見せて、0対0のスコアでゲーム中盤に入っていきました。しかし、4、6回に各1失点を喫して0対2。8回にも1点を失って木村は降板。ゲームは9回表を終えて0対3と星稜のリードで、後攻・小松大谷の最後の攻撃を迎えました。

点差こそ違えども、前年度とはまったく逆の展開です。8回まで相手の継投策に1点も奪えず追い詰められていたのですが、このときの選手たちの様子を見ていたら「よっしゃー!」「逆転返しだ!」という声が上がっていました。

ベンチの盛り上がりがそのままグラウンド上にも伝わったかのように、最初のバッターのキャプテン・下口が二塁打で出塁して、チームにスイッチが入りました。そして瞬く間にノーアウト満塁になると、1番・清水貫太の内野安打で1点を返してなおもチャンスが続きます。ここで、代打の1年生・瀬堂雅守都がセンター前に弾き返し、ふたりのランナーを返す同点タイムリーとなりました。

瀬堂はバッティングが大好きで、その勝負強さを評価して1年生ながらベンチに入れていた選手です。あの場面での代打は周囲も驚いたと思いますが、私の直感が的中しました。そして最後は4番・西田が、レフト深くに犠飛を放って三塁ランナーがヘッドスライディングで生還し、4対3の劇的なサヨナラ勝利を飾ったのです。

「大逆転負け」「逆転返し」の2試合がチームの財産

前年度、最終回に8対0から引っくり返されたチームが、同じく最終回に0対3の窮地から4点を奪っての逆転サヨナラ勝利。まさに壮絶な試合でした。私の個人的な思いとしては、8回途中で降板したエースの木村を「2年連続で星稜戦敗戦投手」にさせるわけにはいきませんでした。降板後もベンチから声を張り上げてくれていた木村に、勝利を届けることができてホッとしたのを思い出します。

また試合後に、星稜の林和成監督がロッカールーム前に来てくれて、握手をしたことをよく覚えています。そこには、2年連続で死闘を繰り広げてきたふたりにしかわからない絆がありました。そして、翌日の新聞には「小松大谷 逆転返し」と報じていただきました。

劇的な勝利だっただけに、周囲も甲子園出場を期待するのは当然ですが、私たちは続く準決勝で金沢に残念ながら敗れてしまいました。成熟したチームであれば、そのまま勝ち上がってもおかしくはなかったと思います。でも、準々決勝の「逆転返しベスト8」で大会は終焉を迎えることになりました。本来なら、そのまま甲子園出場となるのがドラマなのでしょうが、筋書き通りにはいきませんでした。

しかし、結果的に甲子園には届きませんでしたが、「大逆転負け」の十字架を背負って年間を通じて全身全霊で努力し、「逆転返し」を果たしてくれた選手たちを私は誇りに思っています。この世代の選手たちの頑張りが、いまの小松大谷の土台になっていることは間違いありません。

2014年夏の「大逆転負け」、2015年夏の「逆転返し」が小松大谷にとってターニングポイントになり、私たちに大きな力を与えてくれたのは確かです。私はピッチャーとして20年以上野球を続けてきましたが、当時高校野球の監督としては駆け出しでした。監督として2回目の夏、3回目の夏に、このような経験をさせてもらったことで高校野球の難しさ、そして高校野球の魅力を改めて教えてもらう機会にもなりました。

結果は正反対ですが、この2試合から「最後まで何が起きるかわからないこと」「最後まであきらめてはいけないこと」の重要性を植えつけられました。

2014年の夏から、間もなく11年の月日が経とうとしています。いまの選手たちは「大逆転負け」を知らない世代です。それでも生徒たちは、毎日パネルをベンチに置いて練習を続けています。この先、もし小松大谷が甲子園で優勝を達成したとしても、あの大逆転負けは風化させてはいけません。すでにパネルは劣化が激しく二代目になっていますが、この教えは小松大谷の「DNA」になっているといえるでしょう。

パネル設置に関しては、私自身が強制しているつもりはありませんが、生徒たちがチームの歴史として継承してくれています。上から言われるのではなく、選手間で主体的に代々つながれていくのが文化だと思います。しかし、この文化は2014、2015年の2年間で築かれたものではなく、それ以前のOBたちが積み上げてきた土台の上にあることを決して忘れてはいけません。現役選手が輝けば、OBも輝きます。この大切な文化を、選手たちが永遠に引き継いでいってくれると私は確信しています。

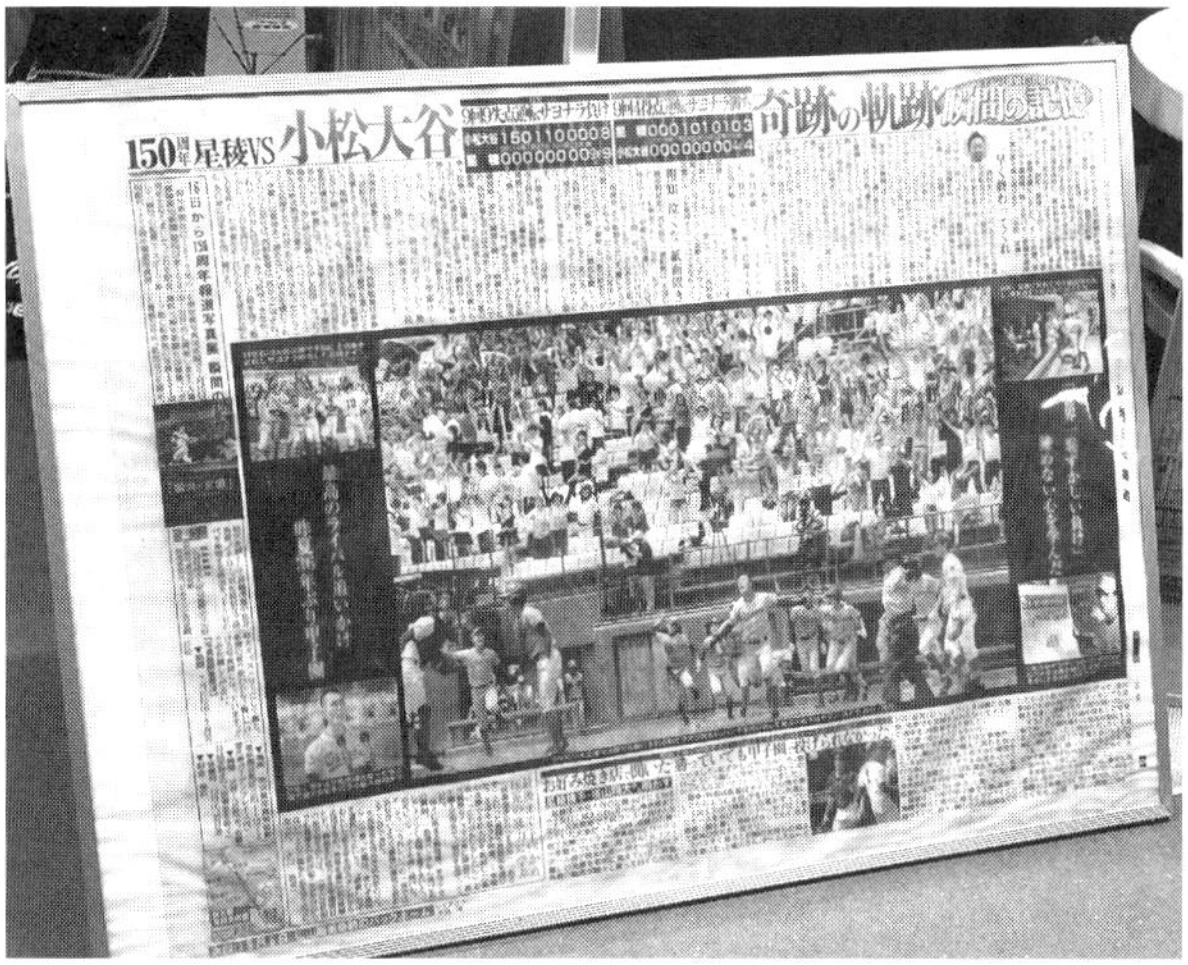

大逆転負けの翌年夏、見事星稜に雪辱を果たした小松大谷の「逆転返し」が大きく報じられた

コマニー株式会社
軟式野球部ゼネラルマネージャー

宮本晃二氏

私がコマニーの軟式野球部の監督だったときに、真田克彦（前・コマニー野球部監督 故人）という在籍選手から西野を紹介してもらいました。高校（当時・北陸大谷）、社会人（伏木海陸運送）で実績を残してきた投手だったので、当然「うちに来ないか」と声を掛けました。当時、西野は社会人野球を引退して髪の毛を派手に染めていたのですが、「社会人野球は会社の代表。企業人として、それではいかん」と諭したのを覚えています。

彼は私の言葉を理解して、髪を整えてうちに来てくれました。最初はチーム事情からサードだったものの、負けん気の強い性格で「ピッチャーとして投げたい」と強くアピールしてきました。非常に賢い選手で、軟式のボールに慣れてくると本領を発揮し始め、かつ研究熱心だったため「どうしたら勝てるか」を常に考えてくれていました。

チーム内では後輩の面倒見が良く、人望も厚かったのが印象的です。社会人での経験を若手にも伝えてくれて、チームとしては欠かせない存在になり、絶対的エースとして20

09年の天皇賜杯準優勝（全国軟式野球大会）に貢献してくれました。西野は大会5試合連投で決勝に進出したのですが、準決勝と決勝が同日開催だったため、決勝では投げることができませんでした。彼が投げていれば、優勝できたかもしれません。

西野はチームを良くするために、仲間の声をまとめてしっかりと上に意見を示してくる選手で、私自身も多くを学ばせてもらいました。私は、彼を後任監督に推薦してチームを引き継いでもらう準備をしていたのですが、同時期に小松大谷の指導者として母校に戻ってこないかという声が掛かり、快く送り出すことになりました。小松大谷の監督になってからは、県大会でベスト8、ベスト4までコンスタントに勝ち上がるようになっていたので、私は近い将来、必ず甲子園に行くと確信していました。

2014年夏の決勝で星稜に大逆転負けを喫しましたが、そんなことで負けるような男ではありません。私は、悔しい経験をした選手をコマニーに招きたいと思い、石田翔一、木村幸四郎の2選手を獲得しています。歴史的な敗戦を力に変えた小松大谷は、攻撃的な野球を前面に打ち出して2021年、2024年夏に2度の甲子園出場を果たしました。2024年の夏には、2回戦で大阪桐蔭を完封で倒すという甲子園の歴史に残る快挙を成し遂げてくれました。

練習を見ていて感じるのは、選手たちに考えさせてやっているということです。小松大谷には、中学野球のトップレベルが集まっているわけではないのですが、入学からの2年半で西野野球を学んだ選手たちは、心身ともに大きく成長していきます。西野は今後、全国的な名将の仲間入りをするくらいの監督になっていくと私は考えています。また、これまでと同様、選手たちと一緒に愚直に戦っていけば、全国の頂点も見えてくるのではないでしょうか。

うちの娘の宮本珠生《たまい》は、2022年度から小松大谷の教員としてチアリーディング部の顧問となっていたので、2024年は3度も甲子園のアルプスに連れて行ってもらいました。西野が率いる小松大谷の躍進は、地域の誇りです。

西野をコマニーに紹介してくれた真田は、残念ながら数年前に若くして病気で他界しましたが、きっと天国で喜んでくれていると思います。これからも同じ野球人として、小松大谷と西野を応援していきたいと考えています。

第3章

指導者としてのルーツ

失敗から多くを学んだ私の野球人生

甲子園に憧れた「野球小僧」は、地域の応援を受けて成長

小松大谷がある石川県小松市は、石川県南西部の日本海を望む加賀平野に位置する人口約10万6000人の工業都市で、多くのビジネスマンが行き交うことから「企業城下町」と呼ばれています。江戸時代の小松城の名残がある伝統の街で、大正時代まで栄えた遊泉寺銅山の資源や活力をもとに、多くの機械産業が発展しました。

建設機械分野で国内トップ、世界第2位を誇る「小松製作所（コマツ　本社・東京都港区）」の創業地としても知られています。小松市には多くのコマツ関連企業があるほか、パーテーションメーカーのコマニー（本社・小松市）などが日本海側の工業地帯に製造拠点を構えています。

歌舞伎十八番の「勧進帳」の舞台となっている「安宅の関」があることなどから、

歌舞伎文化の街としても栄えてきました。２０２４年3月には北陸新幹線・小松駅が開業し、東京駅からは最短2時40分で到着するなど利便性も増しました。

私は１９７５年6月28日に、小松市の三谷《さんだに》という小さな町で父・和之、母・知恵美（故人）の長男として生まれました。父はコマツの下請け会社で働いていて、ブルドーザーなどの部品を作っていました。

小松市は昔から少年野球が盛んなエリアで、父には頻繁にキャッチボールをしてもらい、学校から帰れば近所の神社で仲間たちと一緒にカラーバットで野球をしていました。ちなみに父はバレーボール部の出身で、私の弟の裕和は小松工のバレーボール部で春高バレーやインターハイ、国体にも出場し、その後は実業団へと進みました。家族で野球をやっていたのは、私だけでした。

私自身は小学校2年生のときに、地元小学校のチーム・蓮代寺少年野球クラブに入りました。私よりも4学年下の志田部長のお父さんである志田勉さんが、そのチームのコーチをしていたという縁もありました。カブラキスポーツでグラブを買ってもらったときの嬉しさは、いまでもはっきりと覚えています。

当時の野球チームは人数も多く、練習も厳しかったのですが、私は練習時間が来るのがとても楽しみでした。北陸の冬は雨や雪が多いため、なかなかグラウンドで練習ができないので、校舎内をひたすら走っていた記憶があります。その経験が、忍耐力の強化につながったのかもしれません。

夜は父親がプロ野球のナイター中継をつけていて、ジャイアンツの試合を一緒に見ていました。当時は高校野球の全盛期で、私が小学校低学年時代にはＰＬ学園の桑田真澄さん（元・巨人ほか）や清原和博さん（元・西武、巨人ほか）が甲子園で大活躍していました。中学校時代には、松商学園のエースで4番だった上田佳範さん（元・日本ハムほか）のプレーが印象に残っています。私にはこの頃から、自分も高校では野球部に入って甲子園でプレーしたいという夢がありました。学校に行く時間以外はバットとグラブを持っている、まさに「野球小僧」だったと思います。

小松市立松陽中時代は、エースでキャプテンとしてプレーしていました。市大会では、強豪の小松市立南部中と決勝で対戦してずっと準優勝でした。県大会でも南部中との決勝になり、やはり勝てずに準優勝となりました。当時の小松地区は、金沢地区に負けないほど選手が揃っていてレベルも高かったのです。私たちは、箕田浩幸先生（顧問）、宮脇美代先生（副顧問）の指導のもと、南部中に勝ちたいという思いで必死にボールを追っていました。

私たちの担任でもあった宮脇先生は野球未経験者だったのですが、「ヤンチャ坊主たちを放ってはおけない」と顧問に〝立候補〟してくれました。宮脇先生は、グラウンドで草むしりや部室掃除の裏方役をしながら、特命マネージャーとして私たちに愛情を注いでくれました。ご自身で「グラウンドに花を！」とよく言っていて、確かに彼女の存在がグラウンドの雰囲気を明るくしてくれていた記憶があります。

宮脇先生は教員を引退されたあともよく面倒を見てくれていて、いまでも小松大谷の選手たちに補食用の米を届けてくれます。このように、私たちは子どもの頃から、地域の温かい応援を受けて野球をすることができているのです。

甲子園が「憧れの場所」から「行かなければいけない場所」に変化

高校進学は最終的に小松大谷を選択しましたが、最初は公立校を志望していました。高校野球の雑誌をめくっていたら大学野球の特集ページが掲載されていて、大学生が神宮球場でプレーしている様子が記事になっていました。甲子園で活躍した選手が大学のユニホームを着てプレーしている姿に、私は強い憧れを抱いたのです。そして、六大学などの大学野球の場に立つには、野球で実績を残す一方で勉強もしなければいけないと思ったので、星稜や金沢、小松大谷からの推薦の打診はすべて断りました。

そして、甲子園を目指せる公立進学校を受験するために準備をしていたのですが、学力的にはギリギリの状況でした。そんな様子を見ていた親戚たちが、「中途半端な道に進むのであれば、地元の小松大谷で甲子園を本気で目指せ。実績を残せば大学野球への道も開けるだろう」と助言してくれました。そんな言葉に勇気をもらった私は、地元・小松大谷で勝負することに決めたのです。

小松大谷は、私が小学校4年生だった1985年の夏に、石川大会で優勝していました。近くの保育園のホールで甲子園の中継を放映してくれていて、地元のみんなと応援した思い出があります。そんな経験もあって、私立で野球をしようと決断したときに、やっぱり私は地元のチームに入りたいと思ったのです。

そして高校では、ライバルとも同じチームになりました。中学時代に県大会で優勝した南部中のエース左腕・中野敏治と、準優勝の松陽中でエースだった私が、たまたま小松大谷へ一緒に入学することになったのです。また松陽中からは、親友の河端徹《てつ》家《や》も小松大谷に進学してきました。

期待と不安を胸に小松大谷の門をくぐり、入学直後の春季大会から私はAチームに入れてもらって、菊池信行監督の指導のもと、3年生たちと一緒に夏の大会に向けての怒涛の日々が始まりました。

菊池監督は非常に厳格な指揮官で、練習も学校生活も妥協を許さない先生でした。

常に「繊細かつ大胆に」という言葉を口にして、野球の本質を追求していました。練習では「1日1000スイング」という目標を課して、それをクリアするためにはどうするべきかを考えさせる指導でした。

全体練習以外の時間で1000本を振るには、朝6時に学校へ来なければ間に合いません。私は、ノルマと所用時間を逆算して行動するようになっていきました。「1000スイング」は菊池監督が設定してくれましたが、それをクリアするための行動は自分たちに任されていました。菊池監督が管理していたのは、目標をクリアできたかどうか。私たちは年間を通じてバットを振り、結果的に心技体が鍛えられていったのです。

小松大谷伝統のフィジカル強化練習に、「補強」というジャンプやスクワットを繰り返す鬼メニューがあり、チームが緩んでいるときや冬場には、徹底して「補強」を繰り返しさせられました。「補強」は1セット10種類で約30～40分かかるのですが、1本だけでも翌日階段を登れなくなるくらいの〝強度〟がありました。菊池監督の機嫌によっては「補強3本」を宣告されることもあり、みんな戦々恐々としていたことを覚えています。「補強」という言葉を聞いただけで、私たちは逃げ出したくなるような気持ちでした。

小松大谷は毎年、菊池監督の恩師が指導する茨城県・鉾田一高までバスで向かって強化合宿をするのですが、朝4時頃に「甲子園を目指すチームがいつまで寝ているんだ！　いまから補強3セットだ！」と言われて、霜柱の立つ寒さの中でヘトヘトになるまでジャンプしたのもいい思い出です。いまはそんな練習はできませんが、指揮官の甲子園への情熱が私たちにも伝わってきました。

ピッチャー陣は「補強」に加えて、学校正門前の桜坂をひたすらダッシュするメニューを繰り返していました。中学校から高校に入ったばかりの私は、高校野球の練習のハードさに気後れしながらも、必死で食らいついていきました。私にとって甲子園は憧れの場所だったのですが、日々の厳しいルーティンをこなしていくうちに、どうしても行きたい場所、行かなければいけない場所へと変わっていきました。

星稜・松井秀喜さんとの対戦の思い出、わずか一球で終わった最後の夏

私は最初の夏の大会では、3年生エースの宮川祐二さんと一緒にメンバー入りさせていただきました。準々決勝の金沢戦では私が先発して9回途中まで投げて2対1で勝ち、準決勝の小松商戦は宮川さんが投げて2対0で勝利して、決勝に進出することになりました。

甲子園の切符を懸けた決勝の相手は、「北陸の怪童」と呼ばれた2年生スラッガー・松井秀喜さんを擁する星稜で、私が先発のマウンドを託されました。そして、松井さんには打たれなかったものの4回3失点で降板、チームは1対5で敗れて準優勝という結果に終わりました。

松井さんとの2度の対戦は、1打席目がライトライナー、2打席目が四球でした。

のちに巨人で実績を残してヤンキースに入団し、ワールドシリーズでMVPを獲得するなど、世界的な選手にまで進化した松井さんとの石川大会決勝での対戦は、私自身に大きな刺激を与えてくれました。

この試合で私は、普段通りに思い切り投げられたと思いますが、決勝戦独特の緊張感の中で、勝負所ではボールが真ん中に集まり得点を与えてしまいました。2年生の松井さんは、翌年も勝負しなければならない相手だったので、直球を中心によりレベルアップしなければ、石川県を勝ち抜いて甲子園に行くことはできないと強く感じたものです。

1年生として出場した石川大会は、準優勝の満足感はなくただ悔しさだけが残っています。先輩たちはフォローしてくれましたが、実際に先発して打たれたのは私だったので「あと1回勝てば甲子園という試合で、良いピッチングができずに3年生の甲子園出場を消してしまった」と私は責任を重く受け止めていました。

2年生の夏は、肩を壊した影響で本調子ではありませんでした。チームは同じ2年生の左腕・中野を中心に戦いましたが、準々決勝で敗退という結果に終わりました。

秋の大会でも敗れたため、私たちは3年生の〝最後の夏〟に甲子園出場を懸けることになったのです。

左腕・中野と私とのダブルエース体制だったチームは春の大会で県準優勝となり、夏は第2シードで大会にエントリーされていました。キャプテンでキャッチャーだった中田和博を軸に、1番・センターの坂東将弘、3番・ライトの竹本敏浩、4番・ファーストの山崎学ら個性豊かな選手が揃い、攻守のバランスは整っていると私たちは感じていました。

初戦となった2回戦の相手は、新チームの秋季県大会で準優勝だった尾山台（現・金沢龍谷）となりました。先発は中野だったので、私は初回からブルペンで待機しながらいつでも投げられる準備をしていました。石川県立野球場のブルペンはベンチ裏にあったため、私は試合展開がどうなっているのかまったくわからないまま肩を作っていました。

試合は序盤に2点を先制されて、小松大谷が追いかける状況となっていました。6回に1点を返したものの同点に追い付くことはできず、1対2のまま9回裏の攻撃に入っていきました。そこで、1死から1番・坂東が執念のヒットを放ってチャンスを作ると、3番・竹本のタイムリーによって土壇場で1点をもぎ取り、試合は2対2で延長戦に突入することになりました。

動きの少ない拮抗した試合で、選手交代のタイミングは難しいものだったと思います。延長に入っても中野がそのままマウンドに立ち、私はじっと待つしかありませんでした。そして、11回表に中野が1点を奪われて2対3となった時点で、私がマウンドに上がることになりました。2死二塁の状況で初球にスライダーを投げたところ、二塁ランナーが盗塁してタッチアウト。私は一球を投げただけでチェンジになりましたが、その裏に得点することができず、ゲームは終わってしまいました。

私の最後の夏は、わずか一球で終わってしまったのです。自分自身にとって消化不良だったこともあり、ショックを通り越して呆然としていたのをよく覚えています。1年生の夏には決勝まで進んで甲子園にあと一勝まで迫ったものの、2年生、3年生のときには甲子園に近づくことすらできませんでした。いま振り返ってみると、1年生の夏に甲子園に近づいていたのかどうかさえわかりませんが、甲子園が夢のままで終わってしまったことは事実です。私の中には「甲子園は遠かった」という記憶だけが残っています。

そんな高校時代に私が学んだことは「忍耐」です。文字通り、困難に耐え忍ぶという意味ですが、私自身はマイナスではなくプラスに捉えています。理不尽な忍耐はよくないでしょうが、目標達成のために困難に耐えることは、人生においてとても意味があることだと思います。残念ながら甲子園には辿り着けませんでしたが、小松大谷で過ごした日々がその後の人生で私に大きな力を与えてくれました。

菊池監督の指導や仲間と切磋琢磨した時間は、甲子園出場に匹敵する価値があったと思います。菊池監督は信念を貫く指揮官で、心から尊敬できる存在でした。いまは監督を勇退されて私がチームを引き継いでいますが、自分にとっては「永遠の監督」です。いまでも私は「親父」と呼んで、すべてを報告して相談に乗っていただいています。

社会人野球の道へと導いてくれた恩師

「一戦必勝」ではありましたが、私たちは決勝と甲子園を見据えていたため、石川大会の初戦で負けたあとは何も気力が湧きませんでした。自分が投げて負けたのであれば、すぐに切り替えることもできたかもしれませんが、私は何もできないまま終わってしまったので、気持ちの整理をすることができなかったのです。入学当初は大学でも野球を続けるという目標がありましたが、気づいたら菊池監督に「野球を辞めます」と伝えていました。

私は2年生になって以降、家から学校までの片道約4キロを、毎日リュックを背負ったまま走って登下校を繰り返していました。雨が降ろうが雪が降ろうが絶対に走る、というのは自分で決めたルールでした。学校では1日1000本のスイング、夜はトレーニングジム『北陸体力研究所（ダイナミック）』でフィジカル強化することをルーティンにしていました。

2年半もの間、必死で努力した〝のに〟夢は叶えられませんでした。だから私は、やり切ったというよりも「野球はもういいや」と投げやりになっていたのでしょう。でも、言葉に〝のに〟が出ると、愚痴になってしまいます。2年半の努力が報われなかったことが、私には素直に受け入れられなかったのだと思います。

自分は高校野球で何の実績も残せませんでしたが、バレーボールで小松工に進学した弟は春高バレーやインターハイ、国体にも出場して輝かしい戦績を残しています。だから彼は、高校2年生の時点で多くの大学から誘われていました。結果的には実業団に入ったのですが、私は弟との差も感じていました。高校時代に結果を出せなかった私は、自分の力では大学に行ってもダメだろうと判断したのです。

夏休みを終えて気持ちが少し落ち着いた頃に、改めて菊池監督に「大学には行かず、就職します」と伝えましたが、「何を言っているんだ。社会人野球を紹介するからセレクションを受けてこい」ということで、小松大谷出身で三菱重工名古屋元監督の清水信也さんが在籍していた三菱重工名古屋（２０２０年に休部）に話をつけてくれました。私は社会人の強豪に中途半端な気持ちでセレクションを受けに行ったものの、そんな状態で合格するわけもなく再び失意を味わう結果となりました。

私自身はもうあきらめていましたが、菊池監督が「ここで終わりにしては、将来必ず後悔する。もうひとつのチームへ行ってこい」と隣県の硬式野球チーム・伏木《ふしき》海陸運送（富山県）に連絡をしてくれました。

伏木海陸運送は「北信越の雄」と呼ばれる地域チームです。菊池監督がルートを作ってくれたこともあり、幸いなことに伏木海陸運送に私は拾ってもらうことになりました。こんな私を世話してくれた恩師の面倒見の良さには、頭が上がりません。

ここまでやってもらって入部が決まったので、恩師に恥をかかせるわけにはいかないと思い、菊池監督と両親には「大学に行くのと同じ4年間、プロを目指して必死に頑張ってきます」と伝えて、高校卒業後の１９９３年春に富山県高岡市の選手寮に入ったのです。

伏木海陸運送は、伏木港や富山新港を拠点とした物流会社です。朝から昼まで港で荷積などの輸送作業を行い、午後からグラウンドに向かうという日々が始まりました。荷物は石炭や木材などがメインで、ときにはサーカスの象やライオンなどの大型動物を担当したこともあります。

富山県には伏木海陸運送と北陸銀行の２チームがあったのですが、伏木海陸運送は北陸銀行に１００連敗以上している状況だったので、チームとしての目標のひとつが北陸銀行に勝つことでした。当時はまだプロ野球選手を輩出したことはありませんでしたが、都市対抗野球予選や日本選手権予選などに参加できる環境は整っていました。

伏木海陸運送は全国的な強豪ではないものの、社会人野球のステージには立つことができたので、私はどこかで結果を残せば可能性は広がると考えていました。こうして、高校時代とは違った目標に刺激を受けながら、私は本気でプロを目指すことになったのです。

伏木海陸運送でJOCジュニア五輪選考会に参加

小松大谷時代は、ピッチャー出身の菊池監督が短期、長期のピッチングメニューを組んでくれていたので、ランニング量や1週間の投球数などの調整方法が自分の中で確立されていました。社会人に入ると、トレーニングはチーム練習に加えて個人による裁量が多くなりますが、菊池監督の指導のおかげで違和感なく社会人野球の環境に馴染むことができました。

伏木海陸運送1年目には、アトランタ五輪（1996年）のU21日本代表選考会（JOCジュニアオリンピック選考会）を兼ねた社会人選抜対大学生選抜の合宿があり、私は社会人選抜の一員として北信越地区から唯一招集されました。

当時の社会人選抜には、小笠原道大さん（NTT関東―日本ハム―巨人ほか）、黒木知宏さん（新王子製紙春日井―ロッテ）、大学選抜には今岡誠さん（現・真訪　東洋大―阪神―ロッテ）、三澤興一さん（早大―巨人―近鉄ほか）、野村克則さん（明大―ヤクルト―阪神ほか）などの錚々たるメンバーが名を連ねていました。

星野仙一さん（元・中日、阪神、楽天監督）や野村克也さん（元・南海、ヤクルト、阪神、楽天監督）も視察に訪れて多くのメディアでごった返すなど、これまでに経験したことのない世界を垣間見ました。

また、プロを目指す同世代の選手たちのレベルの高さに、私は圧倒されました。柳ヶ浦（大分）出身で、1993年の都市対抗で優勝した東芝の岡本克道さん（元・ソフトバンク）とキャッチボールをしたのですが、1球目を受けたときにボールの質がまったく違うと感じました。これはとんでもない場所に来てしまったな、と思ったものです。

5日間の合宿中には毎日試合が行われて、全選手がプレーする機会を得ました。私は、キャッチャー・小笠原さんとのバッテリーで登板したのですが、野村さんにホームランを浴びるなど、前年度の甲子園出場組が揃う大学選抜に打ち込まれて降板することになりました。

当時のメンバーのほとんどがその後プロに進みましたが、私にとっては人生において最もプロに近づいた瞬間だったかもしれません。もし、あのときに最高のピッチングができていれば、人生は変わったのでしょう。でも、その時点で私がプロレベルに達していなかったのが現実です。社会人選抜に入れたことは嬉しかったのですが、それ以上に失望感を味わったことのほうが心に残っています。北信越ではそれなりに結果を残していたものの、結局は「井の中の蛙」だったということです。

この合宿では、トップレベルを肌で感じることの重要性を感じました。ですから、いまは小松大谷の監督を務めさせてもらっていますが、生徒とともに大阪、兵庫、愛知などに出掛けて全国的な強豪のレベルを体験させています。それによって生徒の意識が変わり、伸びしろも大きくなっていくと考えているからです。

高い目標を設定するのであれば、高いレベルの環境に身を置くことが大切だと思います。ちなみに、代表合宿で一緒だった黒木さんは現在ロッテのピッチングコーチになっており、小松大谷出身の教え子・大谷輝龍（2023年ロッテドラフト2位）がお世話になっています。2024年春の沖縄・石垣島キャンプでは現地見学に行き、黒木さんにもご挨拶させていただきました。また2025年2月にも、宮崎キャンプにお邪魔しました。私はプロに行くことはできませんでしたが、代表合宿でのご縁がつながっているなと感じています。

伏木海陸運送では5シーズンプレーして、肩が限界を迎えていたこともありプロは断念しました。最終シーズンには、100連敗以上していた北陸銀行に勝利して、長い連敗にピリオドを打ったことが私の最後の意地でもありました。

コマニーの軟式野球部でエースとして活躍し、全国大会でも準優勝に

1997年に伏木海陸運送を退社して、地元の小松市に戻ってきてからは何の目的もなくなり、アルバイトを兼業しながら生活していました。伏木海陸運送では、車両

系建設機械の技能講習で重機免許を取っていたので、パワーシャベルなどを操縦して建設現場で働きながら、週末は代行運転の仕事もしていました。そんな不規則な生活をしていた2000年頃に、たまたま石川県の軟式野球の強豪・コマニーの宮本晃三監督（現・コマニー軟式野球部ゼネラルマネージャー）との出会いがありました。

伏木海陸運送を辞めて以降は、野球から離れた生活を送っていましたが、宮本監督から誘われて週末の試合に参加したりすることで、私は野球の楽しさを思い出していきました。その頃、ちょうど妻の久美子との結婚を考えていた時期でもあったので、私はアルバイトを辞めてコマニーでお世話になることに決めたのです。

そして、恥ずかしながら当時の私は、茶髪にピアスという風貌でした。そんな私に対して、宮本監督は「本気で野球をやるなら身なりを正してこい。野球は、軟式も硬式も守るべきルールは同じだ。野球は上手いかもしれないが、お前には何の実績もない。コマニーで日本一を目指せ」と熱く指導してくれました。

硬式野球では「日本一」には到底届かなかったのですが、コマニーは軟式野球で日本一を狙える立場にありました。宮本監督の言葉でスイッチが入った私は、本気で頂点を狙うために心を正し、２００２年に正式に入社させていただきました。コマニーは私を野球の世界に連れ戻してくれただけでなく、社会人、野球人としての道を改めて教えてくれたのです。

伏木海陸運送時代に痛めていた右肩は空白期間によってほぼ完治し、コンディションが戻った状態で軟式でのピッチングに取り組んでいきました。最初は「軟式のレベルでは打たれない」という過信がありましたが、軟式独特の戦いに慣れることができず、なかなか自分のピッチングができません。

一般的に高いレベルになると、軟式は打球の飛距離が伸びないため、ロースコアの投手戦になる傾向があります。ですから、ピッチャーの制球力などの重要性が増していきます。年を取って以前よりも球速が落ちている中で、いかに相手を抑えていくかを考える日々が続きました。そしてその結果、東日本大会で準優勝、国体では6位入賞という成績を収めることができました。

年齢を重ねると球速などの能力は上がりませんが、投球術は伸びていきます。コマニー入社7年後、34歳で迎えた２００９年の天皇賜杯全国軟式野球大会では、１回戦で徳島信用金庫（徳島）を相手に私はノーヒットノーランを記録して、1対0で勝利しました。2回戦のセントラルユニ（福岡）、3回戦の北陸ガス（新潟）は同日の午前・午後の先発連投で、勝ち上がることができました。準々決勝では三洋電気洲本（兵庫）に1対0で勝利、準決勝でも大会3連覇中だった佐藤薬品（奈良）に4対2で競り勝ち、私たちは決勝に進出しました。

決勝のセーレン（福井）戦は、準決勝と同日に午前、午後の連戦となったのですが、5連投していた私の肩が限界を迎えて登板を回避することになりました。そして私たちは総力戦で戦ったものの、残念ながら1対4で敗れて準優勝という結果に終わりました。頂点に立つことはできませんでしたが、コマニーという地域企業の一員として戦い、全国2位になったことは自分自身にとって誇りとなっています。

37歳で母校・小松大谷の指揮官に

コマニーで9年11か月間プレーして現役引退を考えていた2012年3月、ありがたいことに宮本監督から監督引き継ぎの打診を受けました。コマニーには、人生の「敗者復活戦」のチャンスを与えてもらって非常にお世話になったので、自分が成し遂げられなかった日本一を指揮官として達成したい、という気持ちが私の中に強くありました。しかし、同じ時期に小松大谷から「学校職員として学校に戻って野球部のコーチになり、菊池監督をサポートしてほしい」という誘いも受けました。

どちらを選ぶか自分自身では決められなかったので、宮本監督と恩師の菊池監督とそれぞれ相談した上で、最終的には「1985年に甲子園初出場を果たした菊池監督を、もう一度甲子園に行かせてあげたい」という思いのほうを選択しました。コマニーにはご迷惑を掛けてしまいましたが、快く送り出してくれたことに感謝しています。富山から地元に帰ってきて、もし小松市ではないほかの地域のチームに入っていたら、学校サイドから私の存在なんて忘れられてしまっていたことでしょう。コマニーという地元のチームでプレーしていたからこそ、小松大谷とのご縁がつながったのです。伏木海陸運送を辞めたときには、もう野球のユニホームを着ることはないと考えてアルバイト生活をしていた状況で、私はコマニーの宮本監督に拾ってもらって軟式野球の道に進みました。コマニーに誘われていなかったら、いまの自分はないと断言できます。

私自身、野球に育ててもらったと感じていますし、野球の神様に助けてもらったのだと思います。いま振り返ると、本当に不思議な人生です。甲子園出場経験のある監督の中で、私のように建設現場でパワーシャベルを操縦していたり、運転代行をしたりして食いつないでいた人はおそらくいないでしょう。

小松大谷からの指導者オファーについても、野球に導かれたのかもしれません。1993年に小松大谷を卒業してから、伏木海陸運送とコマニーでの時間を経て19年。

この間、私は何度も野球から逃げようとしましたが、その都度野球に呼び戻されたような気がしています。自分自身の甘さから、何度も挫けそうになりながらも地域の人たちに支えられ、2012年4月に高校野球の指導者になったのです。小松大谷のコーチとして母校に戻ったときには、身が引き締まる思いでした。

小松大谷野球部の目標は「甲子園1勝」でした。1985年に北陸大谷として甲子園初出場を果たしましたが、そのときは初戦でサヨナラ負けとなり甲子園で勝つことはできませんでした。そこから「甲子園1勝」という目標ができて、菊池監督がずっとその目標を達成するために頑張ってこられました。ちなみに、石川県の金沢地区は、星稜を中心に甲子園で実績を残していましたが、南加賀地区（小松、白山、加賀など）のチームは甲子園で勝てていませんでした。

そして2012年の秋、私は37歳で小松大谷の監督に就任することとなります。菊池監督と学校サイドで事前にどういう話がなされていたのか、私は聞いていないので詳しくはわかりませんが、おそれながら監督打診の話を受けさせていただくことになったのです。

私が監督に就任するにあたり、小松大谷を甲子園で勝ち上がれるチームにするためには「文化」を作らなければいけないと思いました。菊池監督が築いてきたチームをどう継承して進化させていくか。また、地域から愛される学校にしていくためには、野球部だけが頑張っても成し得ることはできません。

私は、志田部長や山内大輔コーチたちと話し合った結果、小松大谷の校門前の坂を「日本一の桜坂にしよう」というスローガンを掲げ、毎朝生徒と一緒に、坂道の落ち葉を掃くことから一日をスタートさせようと決めました。学校全体を良くしていこうという下地を作ってくれたのは、副校長も兼任していた菊池前監督です。

いまでは、野球部に限らず一般の生徒も、しっかりと立ち止まって挨拶をしてくれるようになりました。挨拶に関しては「日本一」に間違いなく近づいていると実感しています。どんな学校や組織、チームでも挨拶がしっかりとできるようになれば、雰囲気が変わっていきます。このように、私たちは学校の価値を高めていくという意識を持ちながら、野球部の活動に取り組んできました。

小松大谷は、浄土真宗大谷派・東本願寺が母体です。学校の建学の精神のひとつには、「世に出てこの人あればこそ」という言葉があるのですが、野球の指導を通じて社会で必要とされる人材育成に貢献していきたいと私たちは考えています。

　そして、かつては定員割れの時期が続いていた小松大谷ですが、生徒の頑張りに加えて多田眞理事長、林伊久夫前校長、平田了悟前事務局長、西清人校長が環境を整えてくれたことによって、いま本校は小松市内でも有数の人気校になっています。学校としての「文化」が根づいてきた中で、次は野球部が本気で日本一を目指す番だと思っています。

小松大谷硬式野球部OB会長

渡辺伸也氏

小松大谷野球部では、私は西野の2学年上でプレーしていました。私たちが3年生だった1991年に西野が入学してきて、彼の活躍もあってその夏には決勝に進出しました。決勝では、当時2年生の松井秀喜さんがいた星稜に1対5で敗れましたが、良い経験をさせてもらいました。松井さんはとても大きくて威圧感がありましたが、私たちも最後まであきらめずに戦えていたと思います。西野は真面目に練習に取り組む一方、1年生で〝怖いもの知らず〟だった面もあり、良い意味で〝おらおら〟で投げてくれていました。

星稜は、小松大谷にとっては〝立ちはだかる壁〟のような存在です。1990年にも準決勝で星稜に負けて、私たちは甲子園の道を絶たれていました。石川県から甲子園に行くには、星稜を避けて通るわけにはいかないのです。

2012年夏、菊池信行前監督の後任として西野が指名されたと聞いて、私たちOBは適任だと思いました。人として間違ったことが大嫌いな人間で、信念を曲げない部分が私は好きです。

2014年夏の決勝・星稜戦も、OBとしてスタンドで観戦していました。勝利を確信していましたが9回裏に相手の勢いに飲まれてしまい、まさかの大逆転負けとなってしまいました。このとき、スタンドを含めて相手の伝統の力を痛感しました。翌2015年夏の準々決勝・星稜戦では、0対3から9回裏に4点を奪って「逆転返し」を達成しました。すぐ次の夏に、嫌な思い出を払拭してくれたことに感謝しています。

2024年の夏は、OBたちの熱が一気に高まりました。甲子園の1回戦で明豊に勝って甲子園初勝利を挙げたとき、私たちOBは涙を流しながら校歌を歌い上げました。あのような瞬間に立ち会えて、本当に感無量でした。

続く2回戦で大阪桐蔭と戦うことが決まったときは、OB会に「甲子園へ行きたい」という声が多く届きました。OB会はチケットの手配に追われましたが、それは嬉しい悲鳴でした。小松大谷ファンで埋まったアルプスを見たときには、涙腺が緩んだものです。そして、あの大阪桐蔭に勝ったときの地鳴りのようなスタンドの雰囲気は、決して忘れることはないでしょう。

菊池前監督は、よく私たちに「間違ったことをするな。野球の神様が見てるぞ！」と発破をかけてくれましたが、それが小松大谷の指導の原点かもしれません。西野監督は、新しい部分を取り入れながらもその原点を継承して、さらに良いチームにしてくれています。大阪桐蔭戦の勝利は、〝野球の神様〟からのご褒美だったのかなと感じています。

西野監督就任から12年が経過しましたが、星稜戦の大逆転負け、逆転返し、甲子園出場、甲子園初勝利、大阪桐蔭完封勝利など多くの足跡を刻んでくれています。あきらめない姿勢が私たちに勇気を与えてくれていて、OBとしてとても誇らしく思います。本当に応援しがいのあるチーム、監督です。

第4章

「草魂」が指導の根幹

雑草は何度踏まれても、再び立ち上がる

人生を正してくれた野球に対して恩返しがしたい

２０１２年夏の大会後、菊池前監督の勇退に伴って私は小松大谷の監督を任せていただき、２０２４年の秋から就任13年目を迎えました。

先ほどもお話ししましたが、私は２０１２年3月までコマニー軟式野球部でプレーし、現役の引退時期を考え始めていた頃に、当時の宮本晃三監督から監督引き継ぎの打診をされました。私自身、社会人の伏木海陸運送で硬式野球を辞めてからは、地元でアルバイト生活を続けているような状況でしたから、コマニーに拾ってもらったことで真っ当な道に進むことができたのです。

そんなコマニーと宮本監督への感謝の気持ちが大きかったので、監督受諾を前向きに考えていたところ、同時期に母校の小松大谷からもコーチの話をいただき、最終的には高校野球の世界に関わることに決めました。

私の性格的には指導者タイプではないと思っていますが、母校の指導を任されて自分自身で決めた以上は、生徒のために力を尽くすしかありません。何よりも私自身がこれまで野球に助けられてきたので、野球に対して恩返しがしたいという気持ちが強くありました。そして野球を通じて、生徒たちの心技体の成長を促すお手伝いができればと考えたのです。

しかし、コーチとして母校に戻ってわずか半年での監督就任は、私にとっては青天の霹靂《へきれき》でした。当時の生徒たちは、菊池前監督を慕って入学してきた選手たちです。半年前に突然学校へ来た私が、チームを引き継ぐことになるとは考えてもいなかったでしょう。

小松大谷野球部の歴史は、菊池前監督が築いたものです。1978年の就任時には、部員が到底9人には足りておらず、ほかの部活や一般生徒にも声を掛けて試合メンバーを揃えたと聞いています。そして、就任から8年後の1985年に甲子園初出場を果たしました。甲子園の中継をテレビで見ていた私は、出場から6年後の1991年に小松大谷に入学することとなり、菊池前監督の指導を受けました。1985年の甲子園出場がなければ、私の人生も変わっていたかもしれません。

監督交代は、長きに渡ってチームを指揮した菊池前監督の勇退によるものでしたが、私は突然コーチから監督になったわけですから、心の中に余裕などまったくありませんでした。そこで、まずは生徒たちを落胆させないように、選手ファーストで指導にあたることにしました。選手たちには「私は菊池監督の教え子で、親父として慕ってきた。4月に学校に戻ったのは、菊池監督の指導と野球が好きだからだ。監督交代という形にはなったが、目指すべき道、やるべきことは変わらない」と伝えて、新たなスタートを切ったのを覚えています。

好きな言葉は「草魂」。
雑草は何度踏まれても再び立ち上がる

メディアの方々からは、「西野監督のプロフィールやインタビュー記事が、ネット上にほとんどありません」と言われますが、高校野球の主役は生徒たちであって私はあくまで裏方です。だから、試合後の囲み取材など以外のインタビューについては、失礼ながら極力お断りさせていただいていました。

私は、明治生まれの思想家・安岡正篤氏の「有名無力、無名有力」という言葉を大事にしています。これは「有名になると身動きが取れなくなって無力になる。そうではなく、無名にして有力な人になることを考えなければならない」という意味です。私の名前を売ることによってチームが強くなるわけではないので、私自身が表に出る必要などありません。監督というのは、名誉のためにユニホームを着ているのではなく、グラウンドを守って選手を育てるために日々戦うものだという考えが、私の中にはあるからです。

今回の書籍のお話についても、断るつもりで菊池前監督に相談したところ「小松大谷の伝統を伝えることで、学校やチームの価値を高められる。チームのために受けてもいいのではないか」という助言をいただき、自分のためではなく学校とチームのために受諾させていただいたという経緯があります。

私は、学校の教員ではなく事務職員です。教室ではなくグラウンドでの教育者として、教員では立場上なかなか言えないことが、私には言うことができるというメリットがあります。我が子と接する保護者に近い立場と言えば、わかりやすいかもしれません。教員監督であれば、教室とグラウンドが直結しているため教育現場のルールが適用されると思いますが、私は教員ではないがゆえの利点を最大限に活かして指導しているつもりです。

いまの学校現場は、生徒が〝お客様〟のように感じます。先生たちが多くの準備をしてくれているおかげで、生徒たちは日々授業を受けて快適な学校生活を送ることができています。ただし社会に出れば、そういう環境ばかりではありません。だから、小松大谷の野球部のグラウンドでは、野良猫のように自分で餌を探して生き抜く力を求めています。

私自身はエリートではなく雑草です。建築現場でのアルバイトや、代行の運転手をしながら日銭を稼いでいたこともあります。こんな経験をしてきた監督は、全国どこにもいないかもしれません。人生は山あり谷ありで、決して良いことばかりではありません。だから、生徒たちには舗装された道ではなく、砂利道や凸凹道の歩き方も教えてあげたい、困難にぶつかったときに打ち克てる野球人になってほしいと思っているのです。

以前、小松大谷で女子バレーボール部を指導していた谷本安尚先生（元・教頭）から「草魂」という言葉を教えてもらいました。雑草は何度踏まれても、再び立ち上がります。この言葉は、通算317勝を挙げたプロ野球界のレジェンド・鈴木啓示さん（元・近鉄）の座右の銘としても知られていますが、私は温室育ちの〝花〟ではなく、アスファルトの隙間でもたくましく生きることのできる〝雑草〟を育てていきたいと考えています。

「大逆転負け」から生まれた、ありがたい出会い

監督として初の大会となった２０１２年の秋季県大会は、１回戦で金沢錦丘に勝利したものの２回戦で金沢学院東に敗れました。２０１３年の夏は、準々決勝で金沢に４対７で屈して涙を飲みました。指揮官として夏の初陣を終えたあとは、スコア以上の敗北感を味わいました。甲子園まであと３勝でしたが、ベスト８からが本当の戦いです。最後の崖を登らなければ、甲子園には辿り着けません。このときは、甲子園に近づけたという思いはまったくなく、聖地が果てしなく遠い場所に感じたものです。

部長やコーチたちには「必ずベスト８、ベスト４に食らいついていこう。そうすればきっとチャンスが巡ってくる」と伝えて、２シーズン目を迎えました。２０１３年秋は、エースの山下亜門を軸とした、のちの「大逆転負け」世代の新チームでした。

秋季県大会は3位で北信越大会に進みましたが、1回戦で好投手・高井ジュリアンを擁する東海大三（長野　現・東海大諏訪）に0対2で完封負けして、地区大会のレベルの高さを知りました。

ちなみに監督就任以降、私は秋季大会13回中8回北信越大会に出場していますが、敦賀気比などの強豪の壁に跳ね返されて、ベスト4進出には届いていません。小松大谷には中学時代の実績が乏しい選手が多いので、最後の夏に向けて2年半という時間を目一杯使い、じっくりと鍛え上げていかなければなりません。2年生秋の時点では選手、チームがまだまだ未熟なので、秋の北信越大会を突破するには、チームのさらなる進化が必要だと痛感しています。

2014年は春の大会で準優勝となり、第2シードで夏の石川大会を迎えました。私にとっては2度目の夏でしたが、エース・山下、2番手・木村の勝利の方程式が確立されて決勝まで勝ち上がることができました。しかし決勝では、9回裏に9失点して大逆転のサヨナラ負けに終わります。あと3つのアウトを奪うことさえできれば、甲子園への切符をつかむことができたのですが、聖地を目の前にして無念の結果となってしまいました。

大逆転負けしたあと、小松大谷の元コーチで現在岩倉（東京）を指導している豊田浩之監督の紹介によって、メジャーリーガーの鈴木誠也選手（カブス）ほか多くのプロ野球選手を輩出している名門・二松学舎大附（東京）と練習試合をさせてもらう機会を得ました。

二松学舎は、2025年春のセンバツ出場も決めている甲子園の常連校ですが、2014年に夏の甲子園初出場を果たすまで、東東京大会決勝において3年連続を含む10連敗の経験をしていたそうです。

以前、二松学舎の市原勝人監督が「最後に勝つのは、心の優しい人だ。11度目の決勝戦で夏の甲子園初出場を決めることができたが、10回の敗戦がチームを強くしてくれた。負けることは恥ずかしいことではない。自分たちは何度負けても、這い上がれる力があると信じなければいけない。恥ずかしいのは負けを受け入れず、自分に嘘をつくこと。山を越えるとさらに高い山が見えてくる」とメディアの取材で語っていたのを見たことがあったので、私にとっては教えを乞いたい指導者のひとりでした。

こうして、豊田監督のご縁でつないでもらって、私は市原監督とお会いすることになったのです。

「敗戦が人を強くする」
二松学舎・市原勝人監督からの教え

私が二松学舎のグラウンドに行くと、市原監督は「おーい！　よく来た！　こっちこっち！」と手招きするような形で温かく迎え入れていただき、「石川大会の決勝で星稜に大逆転負けしたのは知っている。悔しいだろうが、1度くらいの敗戦で挫けてはいけない。二松学舎は東東京大会の決勝で10回連続負けている。敗戦がチームを強くしていくんだ」という助言をいただきました。

そして「監督自身が『甲子園に行くぞ！』とガツガツしているうちは甲子園には行けない。甲子園から招待されない。生徒と向き合った先にのみ優勝がある。いつも平常心で戦うことが大切だ。甲子園から招かれる人物、チームになれ」と激励してくださいました。

東京遠征から地元に帰ってきて、私は何度もその言葉と向き合い、自分の力に変えられるように努力してきました。甲子園に行くという目標を掲げるのは当然のことだが、そこだけを見ていてはいけない。一日一日に向き合うことがすべてで、日々の小さな勝利を積み重ねた先にだけ甲子園があるのだと教えられました。名将から受け取った珠玉の言葉は、自身の手帳にも書き込んでいて私の宝物になっています。

その後、チームは2019年夏に決勝まで進みましたが、奥川恭伸を擁する星稜と対戦し、2対2で迎えた9回表に満塁ホームランを浴びて4失点、またもや2対6で敗れてしまいました。当時の小松大谷のキャッチャーは、のちにDeNAに育成で入団した1年生・東出直也でした。その年に、星稜は甲子園で準優勝を果たすことになるのですが、その姿をテレビで見ていて、同じ石川県のチームとして誇らしさがあったのと同時に悔しさも募りました。

そして、星稜との大逆転負けから7年後の2021年夏。準決勝で遊学館、決勝では金沢に勝利して私自身としては初、小松大谷としては2度目の甲子園出場を果たすことができました。東出は２０１９年の決勝での悔しさを、自らの力で晴らして甲子園切符をつかみ取ったのです。

就任9年目での甲子園出場が、早いのか遅いのか私にはわかりません。菊池前監督は、私とは違って野球部員が足りないマイナスからのスタートで、就任8年目に学校初の甲子園出場を成し遂げています。恩師にはまったく及びもしませんが、母校を甲子園に導くという与えられた役割を果たすことができて、恩師に対して、そして野球に対して、恩をひとつだけ返せたかなという思いでした。

未来の組織で必要とされる人材を育てたい

監督就任から13年目を迎えて、「理想の監督像はありますか?」と聞かれることがあるのですが、移り行く時代の中で「理想の監督像」そのものが変わってきていると思います。最近では、２０２２年夏の甲子園で優勝した仙台育英の須江航監督や、２０２３年夏の甲子園を制した慶應義塾の森林貴彦監督の名前が理想像として挙がってくるのでしょう。これは、10年前や20年前に名将と呼ばれたタイプとは明らかに変化していると感じます。

私自身は、恩師の菊池前監督を尊敬しているので、その指導方針を継承しています。しかし「理想の監督像」となると、菊池前監督のほかにどんな人物がいるのかと考えてしまいます。まずは「理想」の定義とは何かを理解しなければいけませんが、「理想の監督像」が時代によって変わってきていることを踏まえると、私自身には「理想」はないのかもしれません。時代が目まぐるしく変わり、選手たちも入れ変わっていく状況で、ひとつの考えに固執していると時代に取り残されてしまうように私は感じています。

私は、人生の理念である「愛・感謝・勇気」を礎としながら、刻々と移り変わる状況に対して柔軟に対応しています。目の前にいる生徒たちを成長させるのが私たちの仕事だと考えているので、そのための〝引き出し〟は多ければ多いほうがいいはずです。自分の考えだけにこだわるのではなく、いろんな人の助言を受けながら、生徒に最善のヒントを与えてあげたいと私は思っています。

全員が横一線で「右にならえ」ではなく、生徒と同じ目線に立って声に耳を傾けながら、私は生徒を支えていくだけです。テレビカメラの前で「理想の監督像」をきっちりと言葉にできればカッコいいとは思いますが、私自身はあくまで裏方です。小松大谷というチームを選んでくれた選手たちに対して、私たちは「自己成長の場」を提供して、彼らの「自己実現」を促していきたい。そして、それぞれの自己実現がチームの成長につながっていくのだ、という思考を創り上げたいと考えています。

生徒たちは、高校や大学を卒業したら会社に勤める人が多いですが、フリーランスで活躍するケースもありますし、会社員ながらリモートワークで仕事をするケースもあるかもしれません。ただ、どんな仕事に就くにしても、自給自足の生活をしない限りは何らかの組織に関わることになります。会社などの組織は、教育現場以上の速さで変化していますが、これからの時代の組織に対応できる人材、未来の組織で必要とされる人材を私は育てていきたい。そのために「理想の監督像」ではなく、「未来の監督像」を探し続けているのかもしれません。

「時短」や「効率」よりも、選手の成長をじっと見守る

小松大谷の指導の原点は「練習」です。これはチームマネジメントとは呼べないかもしれませんが、私は練習するチーム、練習する選手を育てていくことだけを考えています。

石川県の勢力図を考えたときに、中学時代のトップレベルの選手は星稜などに進んでいきます。小松大谷は、地元の小松市をはじめとする地域の「野球小僧」たちに声を掛けて、チームを編成しています。中学時代の力だけを考えれば、まったく勝負にはなりません。星稜などの強豪と入学直後に高校1年生同士が戦えば、5回コールド

負けになるくらいの力の差があると考えています。

高校野球の2年半という期間で、その差を引っくり返すには練習しかありません。コロナ禍を経て以前より練習時間は少なくなっていますが、２０１２~２０１９年は朝から晩までひたすら練習していました。ライバルより多く練習するとか、何時間以上するとかではなく、自分たちが納得できるまで練習場の照明を点けていました。

昨今は「時短」や「効率」などのキーワードも聞かれますが、どこを目指すかが大切だと思います。力のない選手が甲子園で勝つには、どうすればいいのか。「魔法の練習」があればいいのですが、私自身はその方法を持ち合わせていません。自分自身も毎朝6時にグラウンドへ来て、夜は選手と一緒に帰ります。練習に励む選手に寄り添い、彼らの成長を見守ることが、私の指導の根幹となっています。

小松大谷では、監督である私と志田部長、山内コーチ、菊池ピッチングコーチ（前監督）のほか、外部の木村慎之介トレーナー（ｗｅａｖｅ）や、岩崎和久メンタルトレーナー（フィールドサポート）の力を借りて日々の練習指導を行っています。私が重視しているのは、コーチ陣が指導しやすい環境を作ることです。だから、私自身の野球観を押しつけることはないですし、意見交換をしながらチームの目的や目標へ向かって一緒に進んでいくようなイメージを持っています。

オフシーズンなどは、ポイントや課題だけを伝えて各担当にメニューを任せていいます。信頼して任せられるコーチ陣がいることが、小松大谷の特長です。ただ、大会が近づいてからは、コーチたちから現状を聞き取った上で、すべてのメニューを私が考えて練習に反映させています。コーチ陣が築いてくれたいくつものパーツを組み立てて、ひとつのチームに仕上げていくことが、監督の役割であり責務でもあると考えているからです。

結果に対する責任はコーチではなく、すべて監督にあります。生徒を預かった以上、強い覚悟を持って指導に励むのは当たり前のことです。私自身、指導しやすい環境を与えてもらっている学校に対しては感謝しかありません。

サイン盗みは、小松大谷のチーム理念に反する行為

高校野球でたびたび話題に上がる「サイン盗み」ですが、小松大谷ではそのような行為は厳禁です。野球は9人で行うスポーツであり、多くの局面で一対一の勝負が展開されます。

ピッチャーとバッター、キャッチャーとランナー、守備とランナーなど、一対一で各々が持てる技術をぶつけ合うのが野球の醍醐味でもあり、魅力でもあると私は考えています。そこにチームとしての「サイン盗み」の要素が加わってくると、野球の醍醐味が薄れてしまいます。

もちろん、バッターが個人的に相手ピッチャーの癖を見抜いて狙い球を絞ったり、ランナーがピッチャーの癖を盗んで次の塁を狙ったりするのは正当ですが、それ以外

の方法でサインを判読して伝達するのは「正しい野球」だとは思いません。

私が監督に就任した当初、石川県内の講習会で、学年同期にあたる星稜の林和成元監督が「サイン盗みなどの行為は時代遅れなので、県全体でやめましょう」と話していたことを記憶していますが、私もまったく同感でした。彼は甲子園でも堂々と意見を発していましたが、「サイン盗み」に対して一石を投じたのは間違いありません。

日本高校野球連盟は「フェアプレーの精神に反する」として「サイン盗み（伝達）」を禁止しています。しかし、違反ではありますが、そこに罰則はありません。「サイン盗み」を指摘するには〝証拠〟が必要で、試合中にそれを提示することは現実的ではありません。怪しい動きがあって球審が警告をしたとしても、判定が覆ることは難しいでしょう。

私が生徒たちに伝えているのは、「サイン盗みは絶対にするな。それはうちのチーム理念に反する。ただ、相手がやっているかどうかは必ず確認しろ」ということです。

相手バッターやランナー、ランナーコーチの目線や仕草、ベンチとのやりとり……。

たとえサインが盗まれたとしても、それがバッターに伝わらなければ「サイン盗み」

は成り立ちません。互いにフェアプレーをするのは大前提ですが、もし相手が〝何か〟をしてきたときには、それを阻止する手立てを持っておく必要があります。

選手たちにとって、基本的に高校野球は負けたら終わりの一発勝負です。だからこそ、万が一に備えて対策を練っておかなければいけません。相手が「サイン盗み」を画策してきているのに、それに気づかずやられてしまうのはあまりにも未熟だと言わざるを得ません。だから、もしそういう事態になれば、私はうちの選手たちの意識の低さを叱ります。

日頃から「正しい野球」をすることと、「正しくない野球」に対応できる力を身につけることを意識して、私は日々の練習に取り組んでいます。

いまどき世代を、地面深くに根を張って生き抜く選手に育てたい

「いまどき世代」や「Z世代（1990年後半以降に生まれた世代）」などの言葉を耳にしますが、高校野球の現場でも世代が変わってきていることを実感しています。

2020年春の新型コロナウイルス感染拡大による緊急事態宣言を挟んで、教育現場の指導が大きく変化しているのは間違いありません。コロナ禍は、そもそも声を出すことが制限され、食事も「黙食」になりました。部活動は「密」を避けての活動となり、練習時間も限られるようになりました。

これには、昔ながらの悪しき慣習がリセットされるというメリットがあった一方で、温室育ちが主流になってしまったというデメリットがあるのも事実です。正当な指導に対して、こちらが考える以上に選手が凹んでしまったりするケースもあります。

私は不貞腐れた態度を見せたり、投げやりな態度を見せたりしたときは、監督としてだけではなく、社会の先輩、母校のOBとして厳しく叱責します。ただ、人前で叱ることで発奮する生徒もいますし、一対一での指導が効果的な選手もいます。どのように伝えるかは、選手の性格に合わせるようにしています。

温室の野菜は、温度調整されて十分な養分を与えられる反面、それらが止まればあっという間に枯れてしまいます。温室をすべて否定するわけではありませんが、電気が止まったときのことも考えておく必要があると思います。

ただ、私たちは温室という表現をしていますが、いまの子どもたちにとってはそれが当たり前で、そのこと自体は子どもたちが望んだわけではなく、大人たちが作り出したものです。生徒たちだけに責任を押しつけるのはナンセンスでしょう。まずは私たち大人が、なぜこうなったのかを論じていかなければいけません。生徒たちは、生きる時代や育つ場所を選ぶことはできないのです。

教育はもちろん大事ですが、普段の環境が一番大切です。学生時代にどういった環境に身を置くかによって、人間形成には大きな影響が与えられ、思考も作られていくように思います。だから、温室育ちだからと指摘する前に、私たちが環境を変えてあげたいと感じています。

小松大谷の野球部は温室ではなく、雨露にさらされる「路地栽培」です。たとえ水が与えられなくても、地面深くに根を張っていく選手を育てていきたいと私は考えています。入学直後は、この環境が厳しいと感じるかもしれませんが、一日一日をしっかりと過ごすことによって習慣化され、自分自身で工夫を凝らして花を咲かせるようになっていきます。

「野球がうまくなりたい」「甲子園に行きたい」という気持ちが風雪に耐える力となり、選手たちを強くしていくのです。

温室の話からは逸れるかもしれませんが、いまどきの生徒たちは保護者との〝距離〟が近いという印象も受けます。親子の会話は大事です。しかし、チームに関わる内容だけは話が別です。入学時に選手たちに必ず伝えているのは、練習内容や選手のコンディションに関することはチームの〝機密事項〟だということです。何気ない会話からチーム情報が広がり、それによって試合結果に悪影響を及ぼす可能性もあります。選手たちが2年半に渡って努力してきたことが、些細なことから台無しになってしまうかもしれません。

いまはSNSというツールがあり、情報が瞬く間に広がっていきます。野球部ではスマートフォンの使用は自由ですし、SNSに関してもとくにルールは設けていません。チームの目標が「甲子園優勝」であることから逆算すれば、おのずと答えが出てくると私は考えています。選手たちには、勝負の世界に身を置いていることを十分に理解し、小松大谷の一員として規律ある立ち居振る舞いをしてほしいと願っています。

茶道の世界に、千利休の訓示とされる「守・破・離」という言葉があります。まずは型を徹底的に〝守〟って身につけていくことから修行が始まり、型を習得したあとに自分自身で工夫して型を〝破〟っていく。そして最後は、型から〝離〟れて独自の道へ進んでいくという教えです。

茶道や武道では、基本が身についていないまま自己流を編み出すのは「型なし」と呼ばれ、大成しないと言われています。2024年夏の甲子園、大阪桐蔭戦で92球による完封勝利を遂げたエースの西川は、入学当初から野球センス自体は光るものがありました。しかし、カバーを怠るなど自分勝手な感覚や動きで野球をやっていたので、そこはかなり厳しく指導をしました。

大阪桐蔭戦ではダブルプレーでゲームセットになったのですが、あのシーンで西川自身は「自分の一塁ベースカバーが遅れていたので甘さがあった」と反省していたのを聞いて、高校3年間で精神的に大きく成長したなと思いました。西川は型を身につけて創意工夫を重ね、彼自身のピッチングを確立した先に大阪桐蔭戦の完封勝利があったのです。

〝守〟を身につけるためには、環境が大切です。心技体の土台（型）を作った上で、西川のように選手たちの個性を伸ばしていければと考えています。

日々の学校生活の先に、甲子園があるということを自身の行動で示す

毎朝のトイレ掃除が、監督としての私の日課です。午前5時半に家を出て、午前6時に学校横の室内練習場に到着し、朝練をしている選手たちに声を掛けてから学校敷地内の選手寮に向かいます。午前6時20分に寮生との朝礼を済ませて各部屋をチェックし、午前6時半に学校事務室で仕事の段取りをしたあとに、グラウンドに行ってトイレ掃除を始めます。

トイレは、野球部の日常を映す鏡のような場所です。保護者や来客は部室を見ることはできませんが、トイレは公共の場ですからみなさんの目に留まります。日頃、生徒たちに「社長が一番大変な仕事をする会社は良い組織だ」「チームのキャプテンが一番嫌な仕事をやらなければいけない」と伝えているので、朝は私自身が率先してトイレを磨いているのです。

チームにはトイレ掃除担当があり、重要な仕事として位置づけています。トイレが汚れていたり、整理整頓ができていなかったりしたときには「1にトイレ掃除、2にトイレ掃除、3に練習」と口に出して意識させ、もう一度心を整えていきます。

選手寮の片づけやトイレ掃除など周囲の整理整頓ができない選手が、一球ごとにめまぐるしく状況が変わる野球において、頭の中を整理できるとは思えません。毎日掃除をしていれば、どこかが汚れていたり、物がなくなっていたりするとその変化に気づきます。選手たちには、日常生活を通じて気づく力を身につけてほしいと思っています。それが野球にも良い形でつながっていくことでしょう。

私は朝のトイレ掃除後に、監督室で軽い朝食を取りながら、スケジュールを確認したり本を読んだりしています。その頃には、始発で学校にやってくる自宅生たちが到着するので、彼らの朝練に付き合いながら選手の状態を確認しています。午前7時半からの30分間は、全体でフィジカルトレーニングなどを行い、生徒たちは教室へ入っていきます。

小松大谷の価値を高めるために、学校前の坂道を「日本一の桜坂にしよう」というスローガンを掲げ、学校全体で取り組んでいることは本書でも述べましたが、私はいまもその活動を続けさせてもらっています。職員就任の2012年当初は、私たちのほうから声を掛けていました。でも、いまは生徒のほうから笑顔で挨拶をしてくれるようになっています。「日本一の桜坂」という目標に近づいていると感じますし、それが学校の価値向上につながっていると思います。

かつては入試倍率が定員割れしていたこともありましたが、いまでは倍率も上がって地域の人気校になっていることも前述した通りです。こういった学校全体の良い方向への変化が、私たち野球部の力になっていることも痛感しています。

私は2012年秋に監督に就任してから、2024年までの12年間で2度の甲子園を経験させてもらいましたが、いまだ大目標である「甲子園優勝」への道どころか、甲子園出場へのルートすら見えず暗中模索の日々が続いています。

でも、目標を達成するためには、生徒と真正面から向き合って情熱を注ぐしか方法はないと思っているので、一番早くグラウンドに来て、一番後に生徒と一緒に帰るという日々を繰り返しています。私が野球で教えられることは限られていますが、日々の学校生活の先に甲子園出場、さらには甲子園優勝があるんだということを、私自身の行動で生徒たちに伝えていければと思っています。

小松大谷硬式野球部同期
株式会社イング代表取締役

坂東将弘氏

西野と私は松陽中時代からの同級生で、小松大谷（当時・北陸大谷）野球部の同期として3年間をともに戦いました。西野は中学時代から石川県で1、2を争うピッチャーで、1年春からAチームに帯同していました。私は中学のときには陸上部（短距離）だったのですが、小松大谷では野球をやろうと思って、ユニホームの着方も分からないような状態からスタートしました。

西野は1年春（1991年）からベンチに入っていて、夏の大会でも準々決勝・金沢戦で好投するなど、1年生ながらエース格として決勝進出に貢献して結果を残しました。2年生のときは肩を壊しましたが、3年生のときには復活していました。私はセンターでレギュラーとなり、西野と一緒に本気で甲子園を狙っていましたし、絶対に行けると信じていました。

3年生のときは春準優勝の第2シードで、夏の大会（1993年）に臨みました。うちには中野敏治というピッチャーと西野の2枚が揃っていて、初戦の2回戦・尾山台戦（現・金沢龍谷）では中野が先発しました。しかし、まさかの大苦戦で2対2のまま延長戦に突入すると、延長11回表に1失点して2対3となった時点で西野が登板。一球でチェンジにはなったものの、その裏に私たちは得点を奪うことができず、無念の悔しすぎる初戦敗退となりました。

西野の夏は「たった一球」で終わってしまったのです。あの一球がスライダーだったことも、はっきりと覚えています。私自身は、延長に入った時点で西野に投げてほしかったのですが、その場面での投手交代はなく結果的には負けてしまいました。甲子園出場を信じていた私は、人生最大の失望を味わいました。卒業後、西野が社会人に進んでコマニーでも頑張っているのは知っていましたが、私はその後10年以上もあの敗戦を引きずり、野球から遠ざかっていました。

敗戦の傷を癒してくれたのは、西野の存在だったかもしれません。私はいつの頃からか、夏の大会ではスタンドで観戦しています。２０１４年夏の決勝・星稜戦も、スタンドで見ていました。ただ、試合について西野と連絡をしたり話したりすることはなく、あくまでもＯＢのひとりとして、グラウンドの外から応援してきました。

2021、2024年には甲子園に連れて行ってもらい、甲子園は最高の場所だと実感しました。自分たちが現役時代に叶えられなかった夢を、西野や後輩たちが叶えてくれています。だからこそ本気で応援できますし、自分たちが小松大谷で甲子園を目指したことは間違いではなかったと確信しています。

監督としての西野は、ダメなものはダメとはっきり粘り強く言える、芯の通った指導者です。生徒たちに本気で向き合っていますし、指導にブレがないので選手と良い信頼関係が築かれていると思います。冬のオフシーズンの朝には、地元の経営者たちを呼んで「モーニングセミナー」という機会を設けて、生徒たちに〝社会〟を教えています。私も何度か講師として呼んでもらいましたが、それが西野の指導の原点なんだと感じました。礼儀や生活習慣などの〝人としての道〟を教えていくという地道な作業に、西野は多くの時間を割いている印象です。「甲子園優勝」という大目標に向かって、人を育てているのでしょう。

私は小松市内で建築会社を経営していて、石川県で1番の会社になりたいという目標を掲げて社員たちと頑張っています。そんな私にとって西野は、最高のチームメイトであり、最高のライバルです。西野の活躍を刺激にしながら、自分自身も成長していきたいと思っています。

第5章

小松大谷の取り組み

「山ラン」「泥練」「雪練」「ひとり会社訪問」ほか

「山ラン」と『走りの学校』で走力アップ、小松大谷流の〝走撃〟

小松大谷の名物練習のひとつに、「山ラン」と呼ばれるメニューがあります。学校裏手からスタートして山を3つ越え、粟津温泉付近までの道を往復する約11キロのコースです。私は2012年秋の監督就任時、オフシーズンに選手たちの心技体をトータル的に鍛えるために、グラウンドではなくアップダウンのある道を走らせたいと考えました。

自分で何か所かの道を試走し、勾配の変化と所要時間を考えてコースを設定。就任当時は私自身もまだ若かったので、選手と一緒になって山道を走っていました。11キロの距離でおよそ1時間、きつい坂道をいかに登っていくか。自分の経験上30分を過ぎると、体力以外に忍耐力などのメンタルの強さも必要になります。単に足腰の強化だけではなく、精神面も磨きたかったので、私はこの「山ラン」を取り入れたのです。速い選手で約45分、遅い選手でも1時間10分くらいで全員が戻ってきます。

就任当時の選手たちは、目を離すと近道をしたりサボったり迷惑を掛けたりする可能性もあったので、私も一緒に走りながらみんなの動向に目を光らせていました。野球の技術と走る速さは必ずしも一致しませんが、選手と一緒に走ることでそれぞれの走力はもちろん、苦しいときに仲間に声を掛けたり、サポートをしたりする人間性も見ることができます。私が学校に来てから約半年、監督就任後数か月の時期だったので、選手たちとともに汗を流すことで互いの距離が縮まったような気もします。

いまでは年齢的に厳しいので一緒に走ってはいませんが、この「山ラン」はシーズンを通じてチーム全員が行っています。最近はピッチャーメニューに多く取り入れていて、オフシーズンにはピッチャー陣が頻繁に「山ラン」に出掛けていきます。多い時期には、1日置きに「山ラン」に行くこともありました。その頃は生徒が私と目を合わせずに、遠くのほうで「こんちは！」と言って逃げていきます。私は笑顔で彼らを呼び戻して「(山ランへ) 行ってこい」と告げていました。

「山ラン」での決め事は、「どんなに辛くても歩くな」ということです。苦しいときにどれだけ踏ん張れるかが選手として、人としての価値につながっていきます。苦しい道のりを走り抜いたという自信が、選手たちを成長させていくものだと私は考えています。

小松大谷の学校敷地内でもランニングは可能ですが、周辺には山や海が近く、自然に恵まれた環境です。就任当初は、日本海の「砂浜ラン」もやってみましたが、生徒がはしゃいで海で遊んでしまうのでやめました。

学校外を走ることで地域の良さを知ることもできますし、地域の人に声を掛けてもらうこともあります。「山ラン」によって心技体の強化だけではなく、地域の看板を背負って戦っている意識が高まれば、チーム力はおのずと増していくと考えています。卒業後、この道を通った生徒たちが高校時代を思い出してくれたならば、それだけでも「山ラン」の価値があると思います。

また、走力練習ということでいえば、『走りの学校』という短距離を速く走るために必要なスプリント能力向上のメソッドも導入しています。野球は投打のスポーツですが、攻守において走力はとても大切な要素です。しかし、野球には「投げる」「打つ」「守る」の練習メニューはありますが、以前から「走る」メニューは盲点になっている気がしていました。そんなとき、練習試合で対戦した中京大中京が『走りの学校』を取り入れていることを聞いて、紹介していただいたのです。

『走りの学校』の和田賢一代表をはじめトレーナーのカルロス・リカルドさんには、定期的に学校まで来てもらいスプリント能力を高めてもらっています。野球の指導者では、インナーマッスルと呼ばれる腸腰筋を効果的に鍛えていくのは難しいので、走りのスペシャリストの指導はとても貴重です。『走りの学校』はYouTubeでも発信しているので知識を得ることはできますが、実際に一人ひとりのフォームを見てもらうことで、選手たちの意識も変わっていきました。

プロ野球でも一流と呼ばれる選手は、スプリント能力が高くフォームも安定しています。攻守においても、走力によって10センチ分早く足を出すことができれば、ゲームの結果が変わってくる可能性もあります。

このように、小松大谷では長距離は「山ラン」、スプリントは『走りの学校』で走力を高めています。「走力」は今後、甲子園でさらに勝ち上がっていくための鍵になっていくと感じています。「甲子園優勝」という大目標を、小松大谷は〝走撃〟でも狙っていくつもりです。

ロッカー裏に大量に投げ捨てられていた野球ノート

2014年夏の決勝で、星稜に大逆転負けを喫したチームの最上級生は、母校の指導者になった私と同じ2012年春に入学してきた生徒たちです。夢中になってボールを追いかける「野球小僧」たちばかりでしたが、ヤンチャな一面もあり私自身かなり手を焼きました。

ある夏の暑い日のことです。「野球部の生徒たちが、体育の授業からいなくなった」という連絡が、事務室にいた私のもとに届きました。私はすぐに学校を飛び出して周辺を探しに行ったところ、なんと彼らは体育着のまま近くの川ではしゃぎながら泳いでいたのです。私はすぐに彼らの首根っこを捕まえて学校に戻しましたが、そのくらいヤンチャな子たちが揃っている世代でした。

当時から小松大谷では、野球ノートに日々気づいたことを書かせていました。でも、あの代の選手たちは、とにかくよく野球ノートを忘れるのです。忘れたときには自宅まで取りに行かせていたので、それを避けようと生徒たちはノートの切れ端に書き殴ったり、真新しいノートを購入したりして日記を提出していました。

彼らは夏の石川大会決勝で敗れて甲子園出場を逃し、引退していくことになったのですが、夏休み中に新チームの選手たちが部室の掃除をしていると、ロッカー裏に大量の野球ノートが投げ捨てられているのを発見しました。その中には、1ページしか使っていないノートが何冊もありました。

それを目の当たりにしたとき私は愕然として、言葉を失ってしまいました。

「俺はなんて無駄な活動を積み重ねてきたのだろう」

選手たちに野球ノートを書かせていたことで、私自身は〝アウトプットできている〟さらには〝コミュニケーションを図ることができている〟と思い込んでいましたが、実際は私に怒られないために提出していただけでした。

おそらく彼らは、1ページを書くのに20～30分は要していたのでしょうが、すべてが〝ゴミ〟と化していたのです。私は監督として、ノートを書かせて提出させることだけで満足していて、何のためにノートを記しているのかを、きちんと選手たちに理解させてあげられていなかったことに気づきました。こんな状態で、大事な試合に勝てるわけなどありません。己の指導力不足を痛感して、私は自分自身を責めました。

小松大谷オリジナルの野球手帳で自分自身を〝予約〟する

そこで、この反省を踏まえ、小松大谷のオリジナル野球手帳を作ることにしました。

私自身もそうですが、社会人は年間手帳を持っている人が多いと思います。自分の社会人での経験を活かしながら、独自の手帳を制作して1年ごとに生徒たちに1冊ずつ支給することにしたのです。勉強用のノートだと忘れても買い直すことができますが、野球部オリジナルの手帳だと購買で買うことはできませんし、ノートの切れ端に書くことも許されません。

手帳を作るにあたり、書店に足を運んで何冊かの手帳を見比べながら、私は生徒たちに必要な項目をページにレイアウトしていきました。まず、1ページ目には小松大谷野球部のチーム目的である「人間形成」、チーム目標の「甲子園優勝」という文字が記されてあります。目的とはずっと求め続けるもので、目標は実現させるものです。

そして、各選手に「人生理念」と「人生ビジョン」を書いてもらう欄を設けました。企業に理念があるように、生徒たちには個人理念を持って生きてほしいからです。私の理念は「愛・感謝・勇気」の3つだということはお話しさせてもらいましたが、困難に直面したり判断に迷ったりしたときは「愛・感謝・勇気」に立ち戻って答えを探しています。

生徒たちには50以上のキーワードを用意して、それらをヒントにしながら人生理念を決めさせています。まだ理解できない部分もあるかもしれませんが、必ず将来的には理念が必要になるときが訪れます。そのための〝種まき〟だと考えて、野球手帳を手渡しているのです。

入部直後のミーティングで野球手帳の意味と使い方を説明して、小松大谷野球部の生活はスタートします。選手たちは約500ページの手帳を常にカバンに入れて、日々の出来事を綴っています。「日記」「24時間スケジュール」「TO DOリスト」ほか、投球数やスイング数を記す「練習メモ」などの項目があり、生徒たちは年間の計画を立てながらページを埋めていくことになりますので、大会やテスト日程等を逆算しながら何をすべきか考えることができます。

年間の予定を把握しながら毎日手帳に日記を書き、翌日の準備をすることで自己管理の習慣が身についていけばいいと思っています。生徒たちには「自分の行動を〝予約〟しておけ」という言い方で伝えています。人は誰しも楽な方向に進んでいきがちですが、自分の行動を〝予約〟して、それをひとつずつ遂行していくことで地力もついてきます。

いまでは、スマートフォンやタブレットのスケジュールアプリもありますが、オンラインではなく形として残すことが大事だと思っているので、小松大谷ではこのような手帳を活用しているのです。

3年間で3冊の野球手帳は、生徒たちが歩んできた証であり財産でもあります。ずっしりと重い手帳なので、ロッカー裏に捨てることもないでしょう。卒業後は家の本棚にでも置いておけば、彼ら自身が主役の「物語」ですから、人生の壁にぶつかったときに読み返せば必ずや大きな力になってくれるものと思います。

そして将来的には、この小松大谷の野球手帳に「甲子園優勝達成」の7文字が刻まれると、私は信じています。

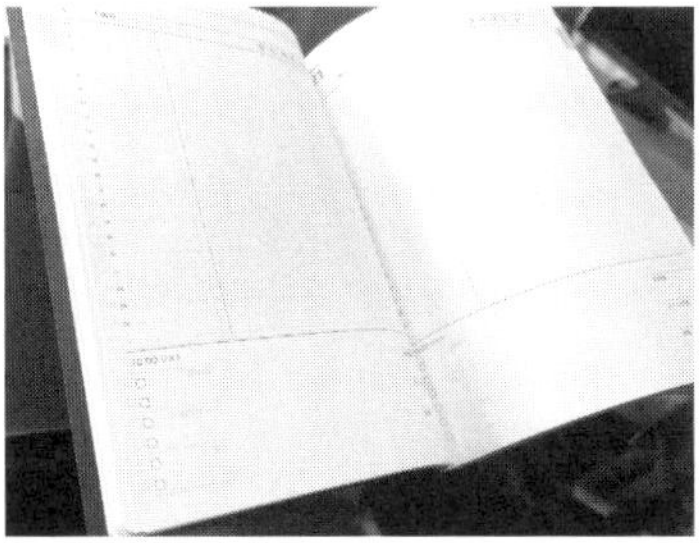

「人間形成」「甲子園優勝」という文字のほか
「日記」「24時間スケジュール」「TO DOリスト」等の
項目がある小松大谷のオリジナル野球手帳

ミスしたらリセット、魂の「27アウトノック」で極限における強さを養う

星稜戦での大逆転負けを契機に取り入れた練習メニューのひとつに、「27アウトノック」があります。あの星稜戦では8対0で9回裏を迎え、甲子園まであと3つのアウトにまで迫りながら、9失点して逆転負けを喫しました。

1死一・三塁、8対6と2点リードのシーンで、ショートゴロからダブルプレーが成立すればゲームは終わっていたのですが、重圧から二遊間のプレーが必要以上に慎重になり、0・1〜0・2秒の遅れが生じて結果的にバッターランナーがセーフになりました。私を含めて選手たちは、あのゴロが飛んだ瞬間にダブルプレーをイメージしましたが、想像以上のプレッシャーが選手のプレーを萎縮させてしまったのです。

この敗戦の教訓から、ノーエラーで27のアウトを取るまで永遠に続く「27アウトノ

ック」に取り組むことにしました。甲子園まであと1アウトのシチュエーションで、平常心でプレーするには、日頃から緊張感のある環境で打球を受けなければいけません。エラーやミスが生じれば、重ねてきたアウトがリセットされる恐怖心に打ち克って、27アウトを完成させるのです。

一般的なメンタル考察において、恐怖や不安というものはその先のことを考えてしまうために生じると言われています。「これがアウトになれば甲子園が決まる」「もし失敗したらどうしよう」「ミスをしたらみんなに迷惑を掛ける」という邪心が、プレーに悪影響を与えてしまうのです。選手がやるべきは先を見ることではなく、目の前のプレーに集中することです。メンタルトレーニングという言葉があるように、メンタルは訓練によって変えていくことができます。日々の練習から一球に集中することが、選手のメンタルを強くしていくのだと感じています。

「27アウトノック」は全国の高校でも取り入れられているほか、最近ではプロ野球のキャンプで巨人や阪神がやっているのをニュースで見かけたこともあります。プロでは1時間以内というノルマを設定するケースもあるようですが、小松大谷の選手たちのレベルとメンタルでは、1時間では到底終わりません。早くて1時間半、長ければ3時間も4時間もノックを打つことになります。

これは、シーズンを通じてチームを引き締めたいときに行っていますが、必然的に夏の大会前が多くなります。強化練習の最後などに「ランナーつき27アウトノック」を組み込んでムードを作っていき、生徒たちに達成感も植えつけるようにしています。27個目のアウトが取れたときには、みんながマウンドに集まって優勝したかのような雰囲気になりますが、そのムードで本番に向かっていくのです。

「27アウトノック」に、ミスは〝つきもの〟です。もし誰かがミスをしても、周囲がすぐに声を掛けて、チーム全体で前向きに気持ちを切り替えていくことが重要です。20本を過ぎたあたりから選手の目つきが変わり、1アウトを重ねるたびに緊張感が高まっていくのがわかります。

私自身は27個目のアウトが近づいてくると、敢えて三遊間や二遊間などの厳しい場所にノックを打ち込んでいきます。甲子園に勝ち上がってくるようなチームは、簡単な打球など打ってきてはくれません。「絶対に勝つ」という執念をむき出しにしてくる打者をイメージして、魂を込めてノックを打つことが私の使命で、選手たちもそれを望んでいるものと思います。

私たちは、２０１４年夏の星稜との決勝戦で９回裏に凄まじいまでの攻撃を受けましたが、あの経験をしたからこそ私自身が本気にならなければいけないのです。ミスをしたら甲子園が消えてしまうという緊迫感の中で、ノックを受けなければ意味がありません。選手たちには、その状況を楽しんでほしいと思っています。「27本目は俺のところに打ってこい！」と自信を持てるようになれば本物です。

「１日１０００スイング」で心技体の成長を促す

小松大谷の冬トレに「１日１０００スイング」があります。全体練習以外の時間で１日１０００回の素振りを課しているのですが、１０００回もバットを振るには相当な時間と忍耐を要します。練習には質と量が大切で、実力の乏しい選手たちが格上相手に互角以上で戦うためには、時間をかけて量で補足していくしかありません。

最近では、YouTubeなどでさまざまなトレーニング方法が紹介されていますが、練習方法がわかったとしても習得するためには訓練が必要です。そこに「魔法の練習」などありません。何度も何度も手のひらのマメを潰すことでしか、得られないものがあります。いまどきの子どもたちは、インターネットの記事や動画の影響で、なんでも簡単に身についたり、手に入ったりすると考えてしまう傾向があると思います。でも、そうではありません。誰でも簡単に手に入るものは、逆に価値がないと考えるべきでしょう。

YouTubeなどで各分野のスペシャリストがノウハウを紹介していますが、彼らはその技術や知識を身につけるために、膨大な時間をかけて努力してきています。もしその動画を見て、野球初心者の全員がホームランを量産できるようになれば、野球そのものの魅力がなくなってしまうでしょう。お金を出して選手のカードを集める「野球アプリゲーム」とは違う世界なんだ、ということを理解しなければいけません。

「1日1000スイング」には、時間の短縮や簡単なクリア方法はなく、ひたすらバットを振り続けるしかないのです。空き時間に1000スイングをクリアするには、所要時間を逆算して時間を作っていかなければいけません。朝早く来てバットを振る、昼休みを利用してグラウンドに出る、練習後に素早く片づけをしてバットを握る……。それぞれが野球手帳に時間を〝予約〟して、セルフマネジメントしていくことで選手は成長していきます。

最近は素振りだけではなく、ティー打撃などのメニューを選手たちに選ばせて、トータルで1000本にするなどのバリエーションも入れながらスイング数を増やしています。過去には「2000本やってもいいですか」と言ってくる選手もいて、そのときは夜遅くまで私も付き合っていました。

毎日1000スイングをクリアできれば、1か月で3万スイングになります。試合は相手がいるものですから、これが必ず結果につながるとは約束できませんが、心技体が成長していくことは間違いありません。「1日1000スイング」によって選手たちの心が鍛えられれば、そこには野球の結果以上の価値が生まれます。たとえ控え選手であっても、1日のノルマをしっかりとやり抜いた選手は、社会に出てから〝レギュラー〟を獲得できる資質を備えたといえるでしょう。

また、そういったフィジカルの土台を築くために、練習の合間にはマネージャーが作ったおにぎりを補食として食べて、練習後にはプロテインを飲むようにしています。監督就任当時はウエイトアップのために、選手の弁当箱の重さを測っていた時期もありましたが、いまは選手たちの意識が高まっているので弁当の重量測定はやっていません。

夏の大会前には、痙攣防止の効果もあるという栄養補給飲料の「SPURT」や、熱中症予防の「アイススラリー」も準備しています。このように、年間を通じて食トレによってフィジカル強化を図り、大会前には暑さ対策をするなど、選手がベストパフォーマンスを発揮できるように私たちはサポートしています。

北陸地方の冬に勝て！
小松大谷名物「泥練」＆「雪練」

北陸地方の冬は晴天が少なく、刻一刻と天気が変わっていきます。気象データによれば、石川県の1月の日照時間は60～70時間で、全国でもかなり下位のほうです。東京は２００時間程度とのことなので、およそ3分の1になります。晴れ間が覗いたかと思えば、数分後には雨や霰《あられ》や雹《ひょう》、雪が降ってきたりするのは日常的なことで、冬の雷の頻度が高いのも地域の特性です。そのため、冬場はグラウンドで練習できない日が続きます。

選手たちはトレーニング室や室内練習場に分かれ、メニューをこなしていくことになるのですが、必然的に基礎練習やフィジカルトレーニングの時間が増えていきます。グラウンド状態が悪いときにはすぐに室内練習に切り替えていましたが、最近はぬかるみの中でノックを行う「泥練」や「雪練」を敢行することもあります。

大会では、雨でも試合が実施される可能性があるため、ぬかるんだグラウンドや濡れたボールの重さにも適応できるように準備をしておかなければいけません。以前は降雨ノーゲーム制度があったので、グラウンドコンディションが悪くなれば再試合になっていました。しかし、2022年春から継続試合が採用されるようになったため、どんな状況でも得点は再試合に持ち越されます。つまり、どういった環境に置かれようと、戦える備えをしておく必要があるのです。

冬に室内にこもることの多い選手たちは、泥の中でのノックを楽しんでくれているようです。試合本番で雨のグラウンドに対するネガティブな意識を払拭して、「雨のゲームは、俺たちのモノだ」とポジティブに考えてくれれば、メンタル的に優位に立つこともできます。これは競馬に例えると、「重馬場」でも勝てるチームだということです。

私たちは毎年3月になると、敦賀気比と練習試合を組んでもらっているほか、関西遠征で春の大会に向けてチームを構築していきます。春以降は、近畿や東海地方のアウェイの地に出掛けて履正社（大阪）、大商大堺（大阪）、近江（滋賀）、中京大中京（愛知）、市立和歌山などの実力校相手に胸を貸してもらっています。

北陸は、関東や関西などと比較して、気候的なハンデがあるのは確かですが、悲観したところで何も始まりません。チームの一体感を高めるために、年末には沖縄・伊江島や徳島・阿南キャンプを1年ずつ交互に行っていますが、それ以外は北陸での練習が続きます。

北陸の冬をマイナスと捉えず、自分たちの置かれた環境がベストだと考えてこの場所で最善を尽くすことが、北陸で戦うチームの矜持だと私は強く思っています。

「難関突破」の安宅の関で、地域文化と「本気」の意味を学ぶ

石川県小松市には、北陸道に「安宅の関」という関所跡があり、私の夏の初陣とな

った2013年から毎年、選手全員で精神統一をするために出掛けています。安宅の関は、鎌倉時代に兄の源頼朝に追われた源義経と武蔵坊弁慶が、京都から奥州へと逃避行する際に通過したとされる場所です。

小松市は江戸時代から歌舞伎が盛んな街として知られていますが、安宅の関を舞台とした歌舞伎十八番の演目「勧進帳」が有名です。

頼朝の追手から逃げる義経と弁慶一行は、山伏の姿で北陸道の歩みを進めていきますが、そこに安宅の関の関守・富樫左衛門が待ち構えます。山伏の衣装をまとった義経一行に疑惑の目を向けた関守は、山伏の目的である寄付趣旨が書かれた勧進帳を読み上げるように伝えます。すると、絶体絶命の場面に陥った弁慶は、何も書かれていない巻物をすらすら読み上げるとともに、関守からの問いにも迷いなく答えていきます。そして〝部下〟の義経を杖で叩くことで、難を逃れるのです。

歌舞伎「勧進帳」は、義経と弁慶の絆と「本気」の覚悟や、関守・富樫の人情も私たちに伝えてくれます。このエピソードから「難関突破」という言葉が生まれ、難関の「関」は安宅の関が由来と言われています。

窮地に追い込まれても、堂々とした立ち居振る舞いを見せた弁慶の勇姿と義経への忠義は、野球の真剣勝負にも通じるところがあると私は思います。歌舞伎には400年以上の歴史があり、その歴史を継承しながら進化することで磨かれた芸には、とても学ぶことが多いとも感じています。

小松大谷野球部では毎年、安宅の関と関所に隣接する資料館「こまつ勧進帳の里・勧進帳ものがたり館」に足を運んでいます。そこで、歌舞伎「勧進帳」の説明を聞いてから短編歌舞伎映像を見ることで、地域の文化と「本気」の意味を学んでいきます。そして毎年、小松大谷のキャプテンは「難関突破」の覚悟を胸に、浄土真宗大谷派本光寺で決意報告会をさせていただき「正信偈《しょうしんげ》」を拝読し、最後に寺内を掃除してから夏の大会へと向かっていくのです。

地域の識者を講師に招くモーニングセミナーと、選手ひとりでの会社訪問を実施

小松大谷では、2018年頃からオフシーズンに社会勉強の一環として、地域企業の経営者や各種競技のスポーツ選手のみなさまを講師にお招きし、モーニングセミナーを行っています。

私は以前から、練習試合などで対戦する甲子園常連校と小松大谷の選手を比較したときに、うちの選手たちは明らかに〝子ども〟のように感じていました。甲子園に出るチームの選手たちは、グラウンド上だけではなく社会的にも自立しているように思えたのです。

甲子園にふさわしいチームや選手にならなければ、甲子園に行ったところで結果はつかめないでしょう。東京や大阪など大都市圏の選手たちは日常から情報があふれ、

社会に触れ合う機会も多いと思います。そこで、小松大谷の選手たちの長所でもある素直で奔放な面を残しながらも社会勉強をさせたいと考えて、地域の先輩やスペシャリストたちに特別講師として話をしてもらうことにしたのです。

多くの困難を乗り越えて各分野で活躍されている方々の話は、高校野球における自立を促すとともに、将来社会に出ていく生徒たちにとっての貴重なヒントになります。立派な大人の話を聞くことによって、思考の成長を促せればと思ってこの企画を考えました。このモーニングセミナーは、オフシーズンの毎週木曜日の朝7時に生徒たちを集めて、学校のホールで講師の方々に約1時間に渡って話をしていただいています。

これまでに、重吉葬儀社セレモニーホール大光の重吉晃守社長、設備・リフォーム会社トスマクの桶谷則之社長、本光寺の田西隆則法務主事、株式会社ケアモンスターの田中大悟代表取締役ほか、ロンドン五輪トランポリン代表の岸彩乃さんや野球部同期の坂東将弘などに講義をしていただきました。私が日頃グラウンドで説いている礼儀や規律、道徳といった話と、特別講師のみなさまの話が生徒の中で少しでもリンクしていけば、練習場での行いが社会につながっていくことが理解できると思います。

ボランティアで生徒たちを指導してくださっている講師のみなさまには、本当に感謝の気持ちしかありません。

地方都市の小松では、高校卒業後に進学や就職で県外に出ていく人も少なくありません。高校生に地元企業の素晴らしさや、地元経営者の方々の考え方を知ってもらうことは、将来のUターンにつながる可能性もありますし、それは地域にとっても必要なことだと考えています。そして何よりも、生徒たちに「戻ってくる場所」があるんだよということを私は教えてあげたいのです。

モーニングセミナーはコロナ禍に一時中断して、それ以降は不定期開催になっていますが、特別講師のみなさまの言葉が小松大谷の選手たちに、大きな学びを与えてくれているのは間違いありません。

モーニングセミナーのほか、野球部OBが経営している会社に生徒をひとりで訪問させることもあります。会社訪問先のひとつである株式会社イングは、私の高校時代の野球部同期である坂東将弘が経営しています。私は悩んでいる選手や壁にぶつかっている選手に、「夕方、この会社に行ってこい」とだけ伝え、ひとり自転車で会社に向かわせるのです。

生徒は何も具体的なことを聞かされていないわけですから、まったく状況を把握しないまま会社を訪問することになるのですが、私は「一人旅」や「はじめてのおつかい」のように笑顔で彼らを送り出しています。

一般的に高校生がひとりで会社を訪問する機会はないと思うので、どうやって会社に入るのか、最初の挨拶はどうするのか、受付の人にはどのように伝えるのか……、自転車を漕ぎながらいろいろなことを考えるでしょう。いまの生徒たちは恵まれた環境で育っているケースが多いので、何が起こるかまったく予測できない場所で冷や汗をかくのも訓練です。私は、この会社訪問を社会勉強のひとつとして捉えています。

坂東は、日頃から母校の練習や公式戦を見てくれているため、選手の性格や特徴をよく理解した上で悩みにも耳を傾けてくれています。さらに会社や仕事の説明をしてくれたり、練習方法などもアドバイスしてくれたりしています。場合によっては、彼自身が通っているジムに連れて行って、トレーニングの実践指導もしてくれているようです。

この会社訪問は、心のトレーニングの一環です。学校や練習場など勝手知ったる場所ではなく、まったく知らない場所でどのように振る舞うか。こういった「生きる力」を養うことが、野球にもつながっていきます。「かわいい子には旅をさせよ」という格言がありますが、生徒たちにはひとつでも多くの「旅」を経験させてあげたいと思っています。

小松大谷硬式野球部エース(2015年)
コマニー株式会社軟式野球部

木村幸四郎投手

2014年夏の石川大会決勝・星稜戦は、はっきりと覚えています。自分は2年生だったので、3年生のエース・山下亜文さんが先発で投げて、自分はゲーム終盤にストッパーとして投げる形になっていました。決勝戦は序盤から小松大谷が大きくリードする展開で、8対0のスコアになりました。亜文さんは最高のピッチングをしていたのですが、最後は自分に登板のチャンスが巡ってくると考えていました。点差が離れていたので、緊張というよりも楽しみのほうが大きかったです。

9回裏に2失点して、自分はノーアウト二塁でマウンドに上がったのですが、ピンチという感覚はなく「このままだったら俺が胴上げ(優勝)投手になる」と気分が昂《たかぶ》りました。最初のバッターをスライダーで三振に取ったのですが、振り逃げになってランナーが溜まってしまいました。調子がいつも以上に良かったので、スライダーが落ちすぎてしまってパスボールになったのです。そこからタイムリーで2失点して、そのあとに星稜の岩下選手に2ランを打ち込まれて8対6になりました。

そこでランナーがいなくなったので、周囲からは落ち着いたように見えていたとのことでしたが、星稜の応援がすごくて自分自身は「ヤバい、ヤバい」と動揺していました。そこから1アウトを取って、そのあとにショートゴロのゲッツーで「終わった！」と思いましたが、みんなが慎重になりすぎて一塁がセーフになりました。そこから同点にされて、最後はレフトオーバーでサヨナラ負けとなってしまいました。自分は負けたことよりも、「先輩たちの甲子園を消してしまった」「3年生の高校野球を終わらせてしまった」というショックがすべてでした。3年生たちが泣いている中で「全部が自分の責任だ」「これからどうすればいいんだ」とどん底に落ち込んでいました。

いま振り返ると、当時は「抑えた」「打たれた」だけの勝負をしていたと感じます。現在はコマニー野球部（軟式）で投げていますが、大学と社会人軟式での経験を経て、あのとき「なんで間合いを取らなかったのか」「なんで自分でリズムを変えなかったのか」という反省があります。それを含めて、自分の力が足りなかったのだと受け止めています。あの試合で学んだことは「勝負に絶対はない」ということです。そして野球でも野球以外でも、困難に直面したとき、冷静に周囲を見られるようになりました。

自分が3年生になった2015年夏の準々決勝・星稜戦では、逆に0対3から9回裏に4点を奪って「逆転返し」でリベンジを果たしました。自分は降板していましたが、仲間たちが自分を助けてくれました。「大逆転負け」と「逆転返し」は、小松大谷での忘れられない教訓です。先輩のために必死で努力した2014年夏から2015年夏の1年間が、自分にとっての財産です。

西野監督は、自分にとっては恩師以上の存在です。「大逆転負け」以降も厳しく接してくれたことで、人として成長できたと感じています。西野監督は朝、誰よりも早く学校に来て、最後に帰る人です。レギュラー、控え関係なく全員を平等に見てくれていて、全員に対して本気で指導してくれていました。自分が大学卒業時に進路で迷っていたとき、西野監督が相談に乗ってくれてコマニーを推薦してくれました。いまはコマニーで社員として働きながら、エースとしてマウンドに立っています。コマニーは、西野監督がエースだった時代に天皇賜杯で準優勝の成績を残しています。いまの目標は、コマニーで西野監督時代以上の成績を残して全国優勝することです。

2024年夏の甲子園で、小松大谷は大阪桐蔭に完封勝利するという快挙を成し遂げてくれました。西野監督が「相手（大阪桐蔭）ではなく、自分たちの野球をやった」とコメントしていましたが、それが小松大谷の戦いだと思います。大阪桐蔭には勝ちましたが、「大逆転負け」は忘れてはいけないですし、自分も絶対に忘れません。自分たちはあの敗戦によって強くなれたと信じています。これからも小松大谷の誇りを胸に、人生を戦っていきたいと思います。

第6章

気持ちで負けずに心で勝つ

「甲子園優勝」という大目標を成し遂げるために

小松大谷からプロに進んだ5人の選手たち

小松大谷では、過去に5人のプロ野球選手が誕生しています。私が監督に就任してから13年目になりますが、その間に4人の教え子がNPBのドラフト会議で指名を受けました。就任から8年目までは甲子園出場を果たせなかったので、プロ4人中3人が甲子園未出場の選手です。

聖地には届かなったものの選手たちが小松大谷のグラウンドで成長し、プロの球団から評価されたことを私は嬉しく思っています。そして、プロに進んだ選手たち自身の努力はもちろんですが、ともに切磋琢磨した仲間がいたからこその指名だとも考えています。

では、過去5人のプロ野球選手について、ひとりずつ簡単に説明していきます。

就任前の２００７年、サウスポー投手の豊島明好が日本ハムから高校生ドラフト６巡目で指名され、２０１０年まで３シーズン在籍しました。豊島は中学時代に両親を亡くし、菊池前監督の自宅で下宿しながら努力を重ね、小松大谷の第一号としてプロへの道を切り拓いた選手です。私たち小松大谷の魂を示してくれた、チームレジェンドだといえるでしょう。現役生活は終わりましたが、人間性が評価されてＤｅＮＡのファームマネージャー兼打撃投手として役割を果たしています。

２０１４年秋には、同年夏の石川大会決勝で先発した左腕エース・山下亜文が、ソフトバンクから育成３位指名を受けて福岡に渡りました。山下は、私がコーチとして小松大谷に来た２０１２年春の１年生で、２年半を一緒に過ごしました。

しなやかなフォームから、最速１４３キロのストレートを投げ込む本格派のサウスポーで、チームにおいては絶対的な存在でした。勝ち気でガキ大将的な性格だったので、私は何度も山下を叱りましたが、それを力に変えられるタイプです。最後の夏は、彼らしい素晴らしいピッチングを見せてくれたと思います。

山下を甲子園に連れて行ってあげられなかったのは、私が未熟だったからです。それでも、育成ながらソフトバンクで4年間お世話になって、その後トライアウトで巨人に育成加入して1年間在籍しました。プロを引退してからは社会人でプレーして、いまは地元に戻ってきています。2024年の石川大会決勝で私たちが星稜に勝ったあと、山下が球場前で待っていて涙ながらに喜んでくれたことは、指導者として本当にありがたく嬉しかったです。

2020年のドラフトで巨人から育成2位で指名されたのは、キャッチャーの喜多隆介です。喜多は2016年夏の主軸だった強肩捕手で、卒業後に京都先端科学大に進学して実力を伸ばし、巨人から指名を受けました。2022年には一軍で14試合に出場。2024シーズンにも一軍に昇格し、クライマックスシリーズにも帯同しています。このオフには、一塁守備にも挑戦していると聞きました。2025年で5年目を迎えますが、ジャイアンツの捕手争いという熾烈な環境が、彼を進化させていると思います。

東出直也は、2021年夏に甲子園出場を果たしたチームのキャッチャーで、その秋にDeNAから育成2位指名を受けてプロ入りしました。高校1年生のときからマスクをかぶり、夏の決勝で奥川恭伸を擁する星稜と対戦し、9回表に満塁ホームランを打たれて2対6で負けています。彼はその頃から「名捕手への道のりノート」と題した野球手帳をつけて成長していきました。そして2021年、投手陣を牽引してチームの要として甲子園切符をつかみ取ってくれました。プロには2年間在籍したのち現役を引退しましたが、東出が小松大谷に残してくれたものはとても大きいと実感しています。

2023年にロッテからドラフト2位指名を受けたのは、2018年の高校3年時に最速147キロをマークした大型右腕・大谷輝龍です。高校時代から秀でた能力はありましたが、出力をうまく調節できずにポテンシャルを発揮しきれていなかったので、アスリートヨガに通って柔軟性を高めていきました。

高校卒業後に社会人JFE東日本に進み、最速は150キロまで伸びて期待されましたが開花せず、伏木海陸運送を経て2023年に独立リーグ・富山GRNサンダーバースに入団。「富山での1年間でダメだったら、プロをあきらめる」と退路を断ち、大谷はひたすら努力を重ねます。その結果、MAX159キロを投げ込むまでに成長すると、小松大谷史上最高のドラフト2位で2024年にロッテへ入団しました。高校卒業からプロ入りまで5年を要しましたが、決してあきらめずにひたむきに練習した結果が夢の実現へとつながったのです。

プロへの道は「人間形成」の先にある

プロ1年目を終えた大谷はオフシーズンの自主トレ期間中、喜多と一緒に毎日午前中に室内練習場へ来て、黙々とピッチングを続けていました。プロアマ規定で高校生たちに指導してもらうことはできませんが、小松大谷出身のプロふたりによるバッテリーの姿は後輩たちの良いお手本となっています。

私がプロへと送り出した4選手のうち、入団時の支配下は大谷だけで残りの3人は育成契約でしたが、喜多が支配下登録となって現在は大谷と喜多のふたりがプロで戦っています。プロを引退した山下と東出も、厳しい環境で必死に頑張ってくれたと思います。

いまも小松大谷では、プロを目指す選手が日々努力しています。プロを希望する選手たちには、「私や親に相談するのは構わないが、最後は自分の意志で決断しろ。そうしなければ後悔するぞ」と私は必ず伝えています。「育成でもいいからプロに行きたい」という覚悟は大事ですが、育成から支配下に昇格できる選手はわずかです。全国から猛者たちが集まるプロ野球は、決して甘い世界ではありません。

プロ志望の選手たちに、私は親心から大学進学も選択肢に入れさせていますが、自分自身も現役時代はプロを目指していたので、彼らが育成でもチャレンジしたいという思いは十分に理解できます。

進路を選ぶのは選手たちで、その道を正解にするかどうかも彼ら自身にかかっています。そして生徒が決断したことであれば、私は全力で支援します。いつも私が選手たちに強く説いているのは、「自分で選択して自分で失敗しろ」ということです。そうしないと「親がこう言ったので……」「先生にこう勧められたので……」と言い訳や後悔をすることになるからです。

失敗する機会を、大人が奪ってしまってはいけません。そして彼らがプロ志望届けを出したあとは、指名漏れも考えて私は〝滑り止め〟の大学を探しに行きます。

プロ入団はゴールではなく、単なるスタートに過ぎません。プロ野球の世界でも、ひたむきに心技体を磨き続けていくことが求められると思います。小松大谷野球部の目的は「人間形成」です。人間的な成長の先にプロの世界があると考えれば、やるべきことは小松大谷のグラウンドでやってきたことと変わりません。

プロのユニホームに袖を通しても、小松大谷のグラウンドで過ごした時間が彼らの原点です。迷ったり困ったりしたときは、いつでもグラウンドに戻ってきてほしい。私の指導の目的はプロ野球選手の育成ではありませんが、プロの世界に挑戦した彼らの心意気と覚悟からは、私自身も大きな刺激をもらっています。

目標を「甲子園1勝」から「甲子園優勝」にアップデート

小松大谷は、恩師の菊池前監督が1978年からチームを任されて、1985年に甲子園初出場を果たしました。甲子園では、1回戦で鹿児島商工と対戦して、5回まで3対1と優位にゲームを進めます。終盤にもつれてスコアが動いたものの、5対4とリードを保って9回裏を迎えました。しかしながら、そこで本塁打を浴びて同点に追い付かれると、相手の勢いを止めることはできず、さらに1点を奪われてサヨナラ負けという結果に終わりました。

甲子園出場という目標を達成したチームは、それ以来「甲子園1勝」を次なる目標として2度目の聖地、そして甲子園初勝利を目指していくことになります。

当時の私は小学生でしたが、近くの保育園のホールでこの試合の中継をみんなで見ていたので、地元の高校が甲子園に行って惜しい試合をしたという記憶が残っていま す。私は１９９１年に小松大谷に入学しましたが、高校生になってからも当時の試合を何度もビデオで見て先輩たちの姿を脳裏に焼きつけ、甲子園に出ることや勝つことの難しさを菊池監督の日頃の指導から学んでいきました。

２０１２年の秋、菊池監督の勇退に合わせて私がチームを引き継ぐことになりましたが、２０１４年夏の石川大会決勝では星稜に大逆転負け、さらに２０１９年の夏も決勝で星稜に屈するなど、どうしても甲子園に行くことができませんでした。

どうして甲子園に行けないのか……。

その頃、私は志田部長と山内コーチの３人で、チームの方向性について本音で話し合いました。３人ともに小松大谷のＯＢで、菊池監督の教え子です。私たちは菊池監督の小松大谷魂を継承し、それを生徒たちに伝えてきました。しかし、チームが次のステージに進むためには、私たち指導陣がアップデートしなければいけないのと同時に、「甲子園１勝」よりもさらに高みを目指す必要があるのではないかという話になりました。

甲子園出場を決めるためには石川大会を制することが必須ですが、甲子園に近づいている手応えはあるものの、頂上が見えながらもあと1段、2段の階段を登ることができない。これは、石川で勝つためのチーム作りに終始してしまっていたからではないのか。

監督として、夏の初陣となった2013年から2020年まで8度の夏大会の敗戦相手を見ると、日本航空石川に1度、金沢に2度、星稜には5度も敗れています。その星稜は、2019年の夏にも甲子園で準優勝となり、日本一に迫っています。

「甲子園1勝」はチームの歴史を反映した価値のある目標でしたが、県内に日本一を目指すチームがいる中で、自分たちの目標が「甲子園出場」「甲子園1勝」ではスタートラインから気持ちの面で負けています。私も現役時代は「甲子園1勝」を目指していたので、この目標自体を否定するわけではなく、それをさらに発展させていきたいという思いに至ったのです。

そこで、なかなか甲子園に辿り着けず、チームも私自身も未熟なのは十分に理解していましたが、「甲子園1勝」を通過点として考えられるように、菊池前監督の了承をいただいた上で「甲子園優勝」という高い目標を設定することにしました。

全国の向上心ある選手の中には「日本一」を目標にしている者もいますが、「日本一」を目指す選手が「甲子園1勝」を目指すチームを選ぶとは思えません。そういった志の高い選手たちの思いに応えるためにも、私たちは「甲子園優勝」の旗を掲げることにしたのです。

大阪桐蔭戦の勝利は「甲子園優勝」への通過点

甲子園で優勝するためには、何が必要かを逆算して日々の活動に取り組む必要があります。そうすれば、おのずと答えも見えてくるでしょう。登山に例えれば、石川大会優勝や甲子園1勝2勝はまだまだ5合目や6合目あたりです。「甲子園優勝」という日本一の山の頂上に登るためには、しっかりした準備と心構えがなければ、中腹の難所で力尽きることになってしまいます。

高校球児にとって甲子園出場、そして優勝へのチャンスは1年夏、2年春（1年秋）、2年夏、3年春（2年秋）、3年夏の5回だけです。1年の夏から5季連続レギュラーで甲子園に出場できるような選手は、桑田真澄さんや清原和博さんなどの大スターに限られているので、ほとんどの選手は3年春夏の2度のチャンスに懸けることになるでしょう。

そして、夏の甲子園で優勝するためには、石川県の場合はノーシードからだと石川大会6試合、甲子園6試合の計12試合で12連勝する必要があり、その確率は計算上4096分の1で0・0244％だそうです。私たちは、この気の遠くなるような「甲子園優勝」という途方もない大目標に向かって、日々努力を重ねているのです。

「日本一」や「全国制覇」も「甲子園優勝」と似た意味だと思いますが、私たちの舞台は高校野球です。甲子園という憧れの舞台で戦う以上は、「甲子園優勝」を目指すべきだと考えます。「日本一」や「全国制覇」は、高校を卒業したあとの大学や社会人でも達成できる可能性がありますが、「甲子園優勝」は高校時代にしか狙うことはできません。高校野球でしか目指せない場所だからこそ、価値が高いのではないかと私は感じています。

ちなみに、目標は「甲子園優勝」へとアップデートしましたが、ユニホームは白地に青文字から、初めて甲子園に行った1985年のときのグレー地に青文字のデザインに戻しています。目標を進化させた上で、ユニホームを原点回帰して新たなスタートを切ろうと思ったのです。

小松大谷は2021年夏に2度目の甲子園出場を果たし、3度目の甲子園となった2024年の夏に1回戦・明豊戦で初勝利し、2回戦では大阪桐蔭に勝つことができました。以前までの目標であれば、明豊に勝った時点で気持ち的にもゴールとなってしまっていた可能性があり、大阪桐蔭戦で勝てたかどうかはわかりません。「甲子園1勝」が通過点になっていたからこそ、選手たちが大阪桐蔭戦での勝利をつかんでくれたのだと思います。

みなさんからは歴史的勝利と言われましたが、これも私たちにとっては「甲子園優勝」への通過点です。大きな関門であったのは間違いありませんが、石川大会からの甲子園優勝ルートにおいてはまだまだ6号目付近です。

甲子園後の学校報告会では、私は生徒たちを前に「2年半前に小松大谷に入ってきて『甲子園優勝が目標だ』と知ったときには戸惑いがあった生徒もいたかもしれませんが、今回の甲子園でそれが戯言じゃないということがわかったとすれば、それが一番大きな財産です。野球に限らず、それぞれの生徒が高い目標を掲げてチャレンジしてほしい」という話をさせていただきました。

山は頂点が見えれば見えるほど険しくなると言われていますが、我々は学校として未踏の地を目指し、愚直に歩みを進めていきたいと思っています。

思い出作りにあらず、国スポで示した優勝へのこだわり

夏の甲子園3回戦で智辯学園に3対6で敗れて、私たちの2024年夏は終わりを

迎えました。大会後には日本高野連の選考委員会によって、第78回国民スポーツ大会（国スポ・佐賀）出場8校に選出していただきました。ちなみに、前年までの名称は国民体育大会（国体）でしたが、本大会から国民スポーツ大会と改称されています。

出場校は、甲子園優勝の京都国際、準優勝の関東一（東東京）をはじめ、明徳義塾（高知）など高校野球を代表するチームでした。国スポでの高校野球は、一般的に〝エキシビション〟的な意味合いで捉えられることも多いですが、うちの選手たちは本気で優勝を狙っていました。

大会会場でも、保護者や関係者からは「思い出作り」「引退試合」などといった言葉が聞こえてきましたが、東野主将やエースの西川たちはそんな声にはまったく耳を貸さず、甲子園と同様のモチベーションで勝利だけを追い求めていました。1回戦では地元の有田工（佐賀）に8対4で勝利し、準決勝ではのちにロッテから4位指名を受ける坂井遼投手を擁した関東一と対戦することになりました。すると、うちの打線が坂井投手を打ち崩し、エース・西川は9回1失点の好投を見せて6対1で勝ち切り、決勝の明徳義塾戦へと駒を進めました。

日本一を懸けた戦いは翌日開催の連戦となりましたが、エースの西川が志願登板して再び好投を続けます。ゲームは6回まで1対1の接戦でしたが、7回に2失点して1対3で惜敗、準優勝という結果で2024シーズンを終えることになりました。「甲子園優勝」という目標を達成できなかった選手たちは、国スポの場で本気で日本一を狙ってくれました。私自身、国スポという場所は初めてでしたが、高校野球の真剣勝負の場のひとつであることを生徒たちから教えてもらい、我々のチームの文化が根づいていると感じました。この世代の選手たちの戦いぶりと熱い気持ちが、必ず次世代につながっていくと私は確信しています。

小松大谷を選んでくれた時点で、私にとっては県外出身でも「地元選手」

2024年夏の甲子園のレギュラー9人は、全員が地元小松市を中心とした石川県の中学出身選手となりました。新聞などでも「先発9人が地元中学の出身選手」と取り上げてもらいましたが、実際には地元出身選手だけのチームではなく大阪、岐阜、福岡などからも小松大谷の門を叩いてくれている選手がいます。

私自身も地元選手だけで戦うつもりはなく、2024年はたまたま地元の選手がレギュラーをつかみ、そのチームが甲子園で2勝を挙げてくれたというだけのことです。そのうちの1勝が、絶対的王者の大阪桐蔭を相手に完封勝利だったということもあり、話題にされたのだと思います。

大阪桐蔭が全国のオールスターチームであるのに対し、地元の選手たちが頑張ってくれたのはありがたいことですが、選手の起用は出身地など関係なく当然ながら平等です。私は出身地には何のこだわりもなく、高校野球の舞台として小松大谷を選んでくれた選手全員にチャンスを与え、その中から最終的にメンバーを決めています。

2024年の甲子園メンバー20人中3年生が13人、2年生は6人、1年生がひとりの編成となっていて、石川県出身は17人で県外出身者は3人でした。この数字だけを見れば、確かに県内出身の選手が多いですが、学年の序列はありませんし、出身も関係ありません。ポジションのバランスを考慮した上で、すべてが実力勝負でメンバーは選出されています。

夏の高校野球は、県代表としての戦いになるので出身地が話題になりがちですが、小松大谷を選んでくれた時点で、その選手は私の中では「地元選手」です。親元を離れて甲子園を目指す選手や、県内でも遠いところから自宅を朝早くに出てグラウンドに来る選手たちの覚悟に対して、私は本気で応えていきたいと思っています。

そういった覚悟や目標のある選手に、私たちは選んでもらえるようなチーム作りをしていかなければいけません。大阪桐蔭に勝利したことで、今後は石川県以外の選手も増えてくる可能性があります。「甲子園優勝」という目標を達成するためにも、出身地に関係なく強い意志を持つ選手を迎え入れていきたいと考えています。そして、小松大谷のユニホームに袖を通す選手には、周囲から「応援される人」になってほしいと願っています。

「応援される選手」になるためにはどうすればいいのかを、私は生徒たちと一緒によく考えています。いくら野球が上手くても学校生活がだらしなければ、選手や人間としての価値は薄れてしまいます。

高校野球は、プロ野球とは違ってアマチュアスポーツです。日本学生野球憲章の第2条（学生野球の基本原理）の冒頭にも「学生野球は、教育の一環であり、平和で民主的な人類社会の形成者として必要な資質を備えた人間の育成を目的とする」「学生野球は、友情、連帯そしてフェアプレーの精神を理念とする」とありますが、このように人間形成やフェアプレー精神が基本となっているのです。

繰り返しになりますが、小松大谷では学校前の坂道を「日本一の桜坂にしよう」というスローガンのもと、挨拶運動を続けています。野球部だけではなくほかの部活動や一般の生徒たちも、笑顔で挨拶ができる環境になってきました。私たちも毎朝、竹ぼうきを持って校門の前に立っていますが、年々学校全体が良い方向に変化していくことが、生徒たちの表情にも見て取れます。

こういった学校全体の雰囲気が、野球部の力になっていることは間違いありません。これからも「地域から応援されるチームとは何か」「甲子園優勝にふさわしいチームとは何か」を部員たちと一緒に考えていきたいと思っています。

能登高との復興支援合同練習で見た笑顔

2024年1月1日、石川県能登地方に甚大な被害をもたらした「令和6年能登半島地震」が発生しました。同じ地域に住む私たちにとって、忘れることのできない出来事です。復旧・復興作業が進められていますが、いまなお震災の影響は続いています。小松大谷野球部にも能登出身の選手がいて寮生活をしていますが、彼らの心中を察すると胸が痛みます。

私たちは、同年2月に能登町の石川県立能登高野球部と合同練習を実施しました。能登高の清間誠部長が私と同年齢だった縁で、震災後に連絡を取り合っていたのですが、清間部長や選手の自宅が被害を受けて車内生活を余儀なくされている上、学校が支援物資置き場となって校庭も液状化被害が出ていることなどから、部活動自体が停止しているとの話を聞きました。石川県高野連の協力などもあって、金沢市内の高校で合同練習の機会を設けてくれたようですが、私たち小松大谷では能登高の選手たちに合宿所を提供して、3泊4日の合同練習を行うことにしました。

能登高は私たちとの合同練習以外にも、小松大谷の合宿所を拠点として、周辺の学校を巡っていました。同学年の関東50年会（昭和50年生まれの野球関係者で結成）の協力もあり、スポーツメーカーや社会人野球からボールやシャツなどスポーツ用具の寄付もいただきました。

選手によってはすべての野球道具を震災で失ってしまっていて、ノックのときに踏ん張りが効かずに滑っているなと思っていたら、その子はスパイクを履いていませんでした。テレビ映像では能登の被害を見ていましたが、現実を目の当たりにして愕然としました。言葉では言い尽くせないような困難に直面しながらも、笑顔でボールを追っていた能登高の選手たちの姿を私は忘れることができません。

小松市は幸いにも被害はなかったのですが、うちの生徒たちは能登高の選手たちから被害の様子や現状を聞き、改めて震災を考えるきっかけになったのと同時に、野球ができることが当たり前ではないことを知りました。

秋には豪雨による土砂崩れなどで、二次被害も発生しています。復興はなかなか進んでいきませんが、今後も生徒たちとともに野球人として何ができるかを考えていきたいと思っています。

選手ファーストの立場で高校野球の変革を

2024年夏の甲子園で、大阪桐蔭に3対0で勝利したエース・西川の92球完封劇は、マダックスのフレーズとともに多くの高校野球ファンの記憶に刻んでもらったのでしょう。大阪桐蔭戦の翌日、ホテル前に集合して朝礼をしようとしましたが、お酒を飲んで家路に就こうとする方から「桐蔭に勝った小松大谷だ！」「桐蔭を抑えた西川だ！」という声が飛び、トラブルが起きていけないと考えて慌ててホテル内に引き上げるということもありました。

ただし、今回の快進撃で選手たちがまわりからチヤホヤされて勘違いしないよう、誤った方向に進まないよう、私は学校に帰って次のような言葉を彼らに伝えました。

「過去の栄光を引きずって、それにしがみついて生きていくような男になってほしくない。俺は社会人時代にそんな人たちをたくさん見てきた。そういう人に限って現状に愚痴ばかりを並べている。頑張って甲子園で成果が出たことは自信にして、これから先は目標を『甲子園優勝』から『日本一』に切り替えて、前を向いて努力を続けていこう」

選手たちの胸には、私の言葉がしっかり刻まれていると信じています。

星稜戦の大逆転負け、そして大阪桐蔭戦の完封勝利で全国に知ってもらうことになった私たち小松大谷ですが、２０２１年の夏の甲子園では珍しい記録も作っています。

8月15日に行われた1回戦は４試合が組まれていて、小松大谷対高川学園は第４試合でした。

当日は明け方まで降り続いた雨の影響で、８時開始予定だった第1試合が2時間59

分遅れの10時59分にプレーボールとなりました。そこから3試合が行われて、私たちの試合が始まったのは19時10分です。試合は、4回表までうちが5対0とリードしていたのですが、そこから点差を縮められて8回には6対6の同点に追い付かれ、9回裏にサヨナラ負けとなってしまいました。

このときの試合終了時刻は21時40分でした。これは記録が残る第35回大会以降で、試合開始、試合終了ともに最も遅い時間だったとのことです。試合後に甲子園を出て、宿に着いたのは24時前。長い一日を経験させてもらいました。

また、この試合は6対7のサヨナラ負けでしたが、菊池前監督が初の甲子園出場を果たしたときも、鹿児島商工に5対6のサヨナラ負けで、2014年の石川大会・星稜戦では8対9の大逆転サヨナラ負けと、小松大谷は何かと記憶に残るサヨナラ負けが多いように思われるのですが、実際にはそれ以外あまりサヨナラ負けを経験したことはありません。

私が監督に就任して以降、2015年夏には星稜に対して逆に4対3のサヨナラ逆転返しをするなど、多くの貴重な経験をさせてもらっていますが、これからも私たちは記録にも記憶にも刻まれるチームでありたいと思っています。

高校野球を取り巻く環境はこの10年間で大きく変わり、球数制限や申告敬遠が導入されるようになりました。２０２４年春からは反発力を抑えた新基準バットが採用され、延長戦は10回からすぐにタイブレークとなりました。

申告敬遠に関して言えば、星稜時代に松井秀喜さんは１９９２年夏の甲子園で明徳義塾から5打席連続で敬遠されましたが、あれが申告敬遠だったらどうなっていたのだろうと思ってしまいます。球数制限は、投手の保護という観点からは賛成ですが、試合日程や各チームの選手層、選手の耐久性を考えたときに、改善の余地が残っていると感じています。

タイブレークについては、2年半ひたむきに努力を重ねてきた選手たちの延長戦が、オートマチックに無死一・二塁から始まることにわずかですが違和感を覚えます。生徒たちの頑張りを見守ってきた立場としては、早く試合を終わらせるための仕組みではなく、通常ルールのままで決着させてあげたい気持ちになります。

7イニング制導入の議論も始まっていると聞きましたが、イニング数が変わると野球そのものが変わってしまう可能性があります。何の実績もない私が言うのはおこがましいのですが、大人たちや社会の都合ではなく、選手ファーストの立場で変革を考えてほしいと思っています。

私たち指導者も、少子化や野球人口減少の中で高校野球の魅力を維持しつつ、新たな価値を見出していかなければいけないと感じています。

「心勝」のスローガン、小松大谷は心で勝つ

私は現役時代、そして指導者になってからも高校野球から多くのことを学んできました。縁あって小松大谷に入学し、菊池前監督という恩師に出会い、甲子園を夢見ながらも届かず、挫折を繰り返しながらも野球によって人生を救ってもらいました。大袈裟かもしれませんが、現役時代もいまも私は高校野球に人生を捧げてきました。高

校野球で得る経験はかけがえのないものです。そこには、青春時代にしか味わえない価値があります。

私自身は高校、社会人を通じて「王者」と呼ばれるチームに所属したことはありませんが、弱者でも勝てる可能性があるのが野球です。うちの選手たちは中学時代に何の実績もない雑草軍団ですが、2年半という期間で心技体を鍛え、エリートが集まる大阪桐蔭に対して必死で食らいつき勝利をもぎ取ってくれました。相手に合わせるのではなく、自分たちの努力を信じて自分たちの野球を貫いた先に、ジャイアントキリングがあったということを忘れないでほしいと思っています。

野球手帳による自己管理と努力によって、彼らの中にポジティブマインドが育まれて、甲子園の大舞台でも力を発揮することができました。私が現役時代に成し得なかったことを、次々と実現してくれる選手たちには感謝しかありません。

努力はいますぐにすべてが報われるものではないですが、高校時代の努力はそれぞれの血肉となり、将来の大きな力になります。2024年の3年生たちには何度も伝えていますが、甲子園初勝利、大阪桐蔭戦勝利という結果自体はこれからの人生では何の意味も持ちません。大事なことは、それらの結果を自分の糧にして努力を続けられるかどうかです。そういう選手が将来の勝者になると私は考えています。

小松大谷の新たな歴史を切り拓いてくれた２０２４年夏のチームのスローガンは、「心勝《しんか》～再甲《さいこう》の舞台で～」でした。２０２３年夏の準決勝で星稜に屈したあとに始動した新チームは、「気持ちで負けずに心で勝つように進化し、最高の舞台である甲子園に再び立とう」という思いを込めて、このスローガンを考えてくれました。

私たちは２０１４年に星稜に大逆転負けを喫してから、技術だけではなく心を鍛える必要があると痛感し、それ以降チームは「心」を大事にして日々の練習と向き合ってきました。ここまでの小松大谷の戦いは、心を鍛える旅路であったと感じています。いまの選手たちは大逆転負けを知らない世代ですが、「心」の重要性に気づいてくれたことが一番の成長だと思います。

私自身は、２０１２年の秋に監督となってから何度も悔しい敗戦を経験し、選手たちと一緒にその悔しさを噛み締めてきました。ときには心がズタズタになったこともありましたが、学校関係者や地域で応援や協力をしてくださる方々、選手たち、そして家族に支えられながら困難を乗り切ることができました。

2024年の3年生たちは巣立っていきますが、彼らが残してくれたことをしっかりと引き継いで、文化や伝統に変えていくことが私たち指導者、そして選手たちの使命です。

これから小松大谷の門を叩く選手たちには、「一緒に甲子園優勝を目指そう」と伝えていきます。私たちは人間形成、そして「心勝」を大事にしながらも、野球技術の向上や自己成長の部分に関しては、時代に即した最新の指導方法を取り入れて、いまの選手たちに適したプログラムを導入していきたいと考えています。

過去の歴史を紐解くと、生き残ったのは時代に合わせて変化することができた者だけです。小松大谷は、古き文化や慣習だけにこだわることなく、新たなチャレンジを忘れずに「甲子園優勝」を実現します。

「甲子園優勝」を大目標とした小松大谷野球部の活動が、選手の人間形成、そして地域の活力につながることを信じて、私は明日もまたグラウンドに立ちたいと考えています。

小松大谷硬式野球部3年生（2024年）

東野達主将・西川大智投手

Q　小松大谷に入学した理由は？

東野「地元出身の選手が多く集まっている小松大谷で、星稜を倒して甲子園に行きたいと思って選びました」

西川「2021年に小松大谷が甲子園に出場したとき、現地で観戦してサヨナラ負けだったのですが、このチームで甲子園初勝利に貢献したいと思いました」

Q　中学時代の実績は？

東野「（県レベルでは）無名中の無名でした。ここで努力して成長したいと思いました」

西川「まったくありません。入学したときに周囲の選手のレベルを見て、『来るところを間違えた』と思いました。不安しかなかったです」

Q 2014年夏の決勝の星稜戦、大逆転負けの新聞パネルを毎日グラウンドに出していると聞いていますが？

東野「当時は小学校低学年だったので実際には見ていませんが、映像などで知りました。毎日パネルを見ることで野球の難しさ、怖さを学んできました。甲子園の大阪桐蔭戦の9回のベンチでも、みんなで星稜戦の話をしてグラウンドに出ていきました」

西川「入学前はあまり興味がなかったのですが（笑）、志田部長がミーティングで『小松大谷にしかない財産』という話をしてくれて、先輩たちが勝利以上の財産を僕たちに残してくれたと思います。2024年夏の決勝・星稜戦での9回にも、大逆転負けが心に浮かんで、気持ちが引き締まりました。毎日パネルを見ているので、自然に思い出されて自分たちの力になっていると感じています」

Q 小松大谷で学んだことは？

東野「勝ちにこだわることです。中学校までは自分が活躍して勝つことを目指してきましたが、小松大谷では自分がノーヒットでも勝つことが重要だということを学びました。自分が4安打でもチームが勝てなかったら意味がありません。野球がチームスポーツであることを教えてもらいました」

西川「自分の力が足りずにかなり西野監督から怒られてムカついていたので（笑）、怒られないくらいの結果を残してやろうと思っていました。甘さのあった自分に対して厳しく接してもらったので、成長することができたと感じています」

Q 2024年夏に甲子園出場を決めたときの心境は？

東野「スタンドで応援してくれていた仲間たちが泣いてくれていたのが、本当に嬉しかったです。メンバーだけではなく、部員たち全員でつかみ取った甲子園だったと感じています」

西川「3年生を中心にチームを盛り上げてくれて、自分はその波に乗っただけだと感じています。また先輩たちが作ってくれた土台があって、僕らの勝利がありました。決勝で星稜にリベンジできてよかったと思います」

Q 大阪桐蔭戦勝利を振り返って思うことは？

東野「ロースコアの終盤勝負になった中で、守備で耐えたことで粘り強く勝利することができました。守備の勝利だと思います。明豊戦後に西川の変化球の握りを変えさせたりして工夫したことが、結果につながりました。勝った瞬間には実感はなかったのですが、試合が終わったあとに快挙だとわかりました」

西川「マウンドで投げながら自分のピッチングを作っていきました。クイックや2段モーションなどは、バッターの反応や表情を見ながら自分で勝手にやっていました。6回くらいから思った通りのボールが投げることができて、手応えがありました。西野監督から『1イニング12球が理想』だと教えてもらっていて、ゲーム終盤は理想のピッチングができました。勝利の瞬間の3万6000人の観客の声が記憶に残っています」

Q 後輩たちへメッセージは？

東野「小松大谷の教えに『次の世代に人を残す』という言葉があり、これからの世代がどんな結果を残せるかが、自分たちの存在価値だと思います。後輩たちには、小松大谷という伝統の中で戦っていることを常に意識して、次の代へとバトンを渡していってもらいたいと思います」

西川「僕たちの甲子園ベスト16、国スポ準優勝という結果を受けての新チームなのでプレッシャーはあると思いますが、やるべきことは同じです。全員が高い意識を持って、僕たちが叶えられなかった『甲子園優勝』という大目標に向かって全員で努力してほしいと思います」

左から西川大智投手、著者、東野達主将

おわりに

2012年夏の大会後、恩師である菊池信行前監督から監督継承を告げられたときのことは、いまでもはっきりと覚えています。同年春のコーチ就任からわずか半年、恩師が30年以上に渡って築き上げてきたチームを引き継ぐ責任の重みを感じながら、生徒たちのためにグラウンドに立ったのを昨日のことのように思い出します。

2014年夏の石川大会決勝で、星稜を相手に8対0から逆転負けを喫したときは、私には監督としての資質がないのではないかという思いに駆られました。でも敗戦後に、二松学舎の市原勝人監督をはじめ、各地の強豪校の監督さんたちから金言の数々をいただき、逆転負けによって多くの出会いに恵まれました。

あの敗戦があったからこそいまの私、そしていまの小松大谷が存在しているのは間違いありません。人間万事塞翁が馬と言いますが、この書籍も大逆転負けがなければ企画に至っていないでしょうし、高校野球そのものが私自身を救ってくれたともいえます。

今回の書籍をまとめる時間は、小松大谷野球部の歴史をはじめ、私自身の生い立ちや野球人生の挫折を紐解く作業となりましたが、野球というスポーツが私の人生を力強く支えてくれたことを改めて痛感しました。

本書でも何度か述べましたが、私の人生理念は「愛・感謝・勇気」の3つです。野球に携わってきたおかげで、これらの大切さを深く学ぶことができました。ですから野球を通じて、こういったことを生徒たちに伝えていきたい。それが、野球への恩返しになると考えています。

野球を職業にできる選手は一握りで、その時間にも限りがあります。高校野球はさらに短くわずか2年半という期間ですが、ここで人生の難関を突破するための手形が得られるのだと思います。小松大谷で過ごした時間が、生徒たちの未来の力になってくれるのであれば、それはとても光栄なことです。

私は監督就任以降、幸いにも2021年、2024年に2度の夏の甲子園出場を果たし、2024年には甲子園初勝利、大阪桐蔭戦勝利という結果を得ることができました。チーム目標である「甲子園優勝」に、ほんの一歩だけ進むことができたかもしれませんが、もちろん頂点に近づいたという手応えはまったくなく、その距離感すらいまだ把握できていません。

私たち小松大谷は、雑草軍団です。私は「草魂」という言葉が好きなのですが、雑草というのは、たとえ何度倒れても立ち上がる魂だけは備えています。生徒たちとともにもがき苦しみ、這い上がっていった先に「甲子園優勝」があるのだと信じています。

今回の書籍出版にあたっては、心の師である菊池信行前監督をはじめ、先輩の渡辺伸也OB会長、コマニー軟式野球部の宮本晃三ゼネラルマネージャー、野球部同期で株式会社イングの坂東将弘社長、2014年夏に悲劇を味わった木村幸四郎投手、2024年夏の快進撃を支えてくれた東野達主将と西川大智投手にもインタビューに協力していただきました。

恩師や先輩、同期、教え子たちから小松大谷に関わるありがたい話を聞いて、その思いをしっかりと受け止めるとともに、このチームを率いることへの責任の重さも改めて感じています。微力ではありますが、私の指導が小松大谷野球部の伝統構築、文化醸成につながっていけば本望です。

　最後になりましたが、私を普段から身近でサポートしてくれている志田慶歩部長と山内大輔コーチ、そしていまはピッチングコーチとしてチームを支えていただいている菊池信行前監督に感謝を申し上げたいと思います。

　また、日頃より小松大谷野球部を温かく応援してくださっている学校関係者やOB会のみなさま、心のこもった支援をしていただいている多くの地域関係者のみなさま、そして日々の生活をサポートしてくれている家族のみんなにも、感謝の気持ちを伝えさせていただきます。アルバイトで生計を立てていた頃から私の野球をずっと応援して、支え続けてくれている妻の久美子には、感謝の思いしかありません。本当にありがとう。

　今後も、引き続き小松大谷野球部へのご支援、ご指導を賜りますようよろしくお願い申し上げます。

２０２５年２月　小松大谷硬式野球部監督　西野貴裕

後列左から山内大輔コーチ、著者、多田理事長夫人、志田慶歩部長、前列左から西清人校長、多田眞理事長、平田了悟前事務局長、菊池信行前監督

心で勝つ雑草軍団
小松大谷 心《しん》勝《か》

2025年３月21日　初版第一刷発行

著　　　者／西野貴裕

発　　　行／株式会社竹書房
〒102-0075 東京都千代田区三番町8-1
三番町東急ビル６F
email：info@takeshobo.co.jp
URL　https://www.takeshobo.co.jp

印　刷　所／共同印刷株式会社

カバー・本文デザイン／轡田昭彦＋坪井朋子
カバー写真／アフロ（東京スポーツ）
特 別 協 力／菊池信行（小松大谷硬式野球部前監督）・宮本晃三（コマニー株式会社軟式野球部ゼネラルマネージャー）・渡辺伸也（小松大谷硬式野球部ＯＢ会長）・坂東将弘（株式会社イング代表取締役）・木村幸四郎（コマニー株式会社軟式野球部）・東野達（小松大谷硬式野球部）・西川大智（小松大谷硬式野球部）
取 材 協 力／小松大谷硬式野球部
編集・構成／伊藤寿学

編　集　人／鈴木誠